Philipp Schmidt

Die Ödland-Saga

Bibliografische Information der Deutschen Nationalbibliothek:
Die Deutsche Nationalbibliothek verzeichnet diese Publikation
in der Deutschen Nationalbibliografie; detaillierte bibliografische
Daten sind im Internet über dnb.dnb.de abrufbar.

© 2018 Philipp Schmidt/ Ferge Verlag
1. Auflage
Copyright © der Serie Die Ödland-saga: Philipp Schmidt
Für eine Handvoll Quins, Band 3 von © Philipp Schmidt

Cover & Umschlaggestaltung: Richard Hanuschek
Satz und Gestaltung: Matthias Kaiser
Karte: Julia Kaiser
Lektorat: Michael Raffel
Logo: Richard Hanuschek
Herstellung und Verlag:
BoD – Books on Demand, Norderstedt

ISBN: 978-3-74810-185-7

FÜR EINE HANDVOLL QUINS

Die Ödland-Saga

Band III

von
Philipp Schmidt

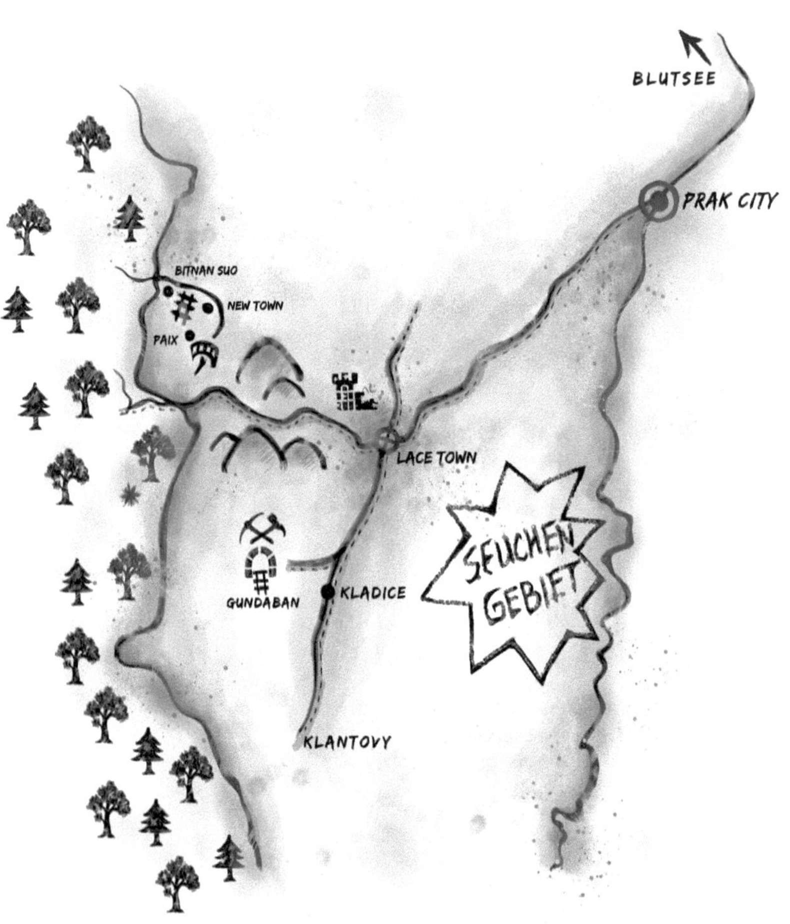

BLUTSEE
PRAK CITY
BITNAN SUO
NEW TOWN
PAIX
LACE TOWN
SEUCHEN GEBIET
GUNDABAN
KLADICE
KLANTOVY

KAPITEL I

»Nein … nicht! … Wieso tut ihr das? … Hört auf damit … bitte, bitte nicht!«

Nummer Acht hatte die Besinnung verloren und redete im Delirium, während Bohdan sich zwang, die Augen offen und den Wagen auf der Piste zu halten. Er war so unglaublich müde. Die lange Nacht in Prak City saß ihm tief und kalt in den Knochen. Jede Faser seines Körpers schrie nach Schlaf und Erholung, aber er wollte rasch so viele Meilen wie möglich zwischen sich und die Stadt bringen – zumindest ein Teil von ihm wollte das. Ein anderer hoffte insgeheim darauf, dass die Häuser von Prak City Suchtrupps nach ihnen ausschickten. Er wollte gefunden werden. Es war eine schwache, erbärmliche Hoffnung, und Bohdan gab sich Mühe, sie zum Schweigen zu bringen. Nein, es gab kein Zurück.

Die glühende Sonne hatte den Zenit leicht überschritten. Es ging kein Wind. Je weiter sie sich von dem Fluss entfernt hatten, umso trostloser war die Landschaft geworden. Der Sand lag still auf den Dünen und bedeckte die Straße, der Bohdan Richtung Südwesten folgte. Auch im Rückspiegel zeigte sich nur endlose Wüste, lediglich unterbrochen von vereinzelten Pflanzen, zumeist Kakteen, und kleinen Hügeln aus schroffem Fels. Bohdan kurbelte das Fenster ein Stück herunter. Die frische Luft versorgte sein Gehirn mit Sauerstoff, und seine Augenlider fühlten sich schon nicht mehr ganz so schwer an. Er hatte nur eine sehr vage Vorstellung, wo sie waren. Bei den Free People hatte er einmal einen Blick auf die Karte eines Händlers erhascht, aber sie war nur ein kleines Stück über Prak City hinausgegangen. Lebten in der Richtung, in die sie fuhren, überhaupt Menschen? Oder lag vor ihnen nicht mehr als endlose Wüste – und weit, sehr weit dahinter irgendwo das Reich der Shedai-nai? Trotz der Hitze fröstelte ihm bei dem Gedanken. Er leckte sich über die spröden Lippen. Ohne Nahrung und Wasser würde es eine kurze, sinnlose Reise werden. Nummer Acht würde sterben und er auch.

»Was macht ihr mit mir? … Nein! … Ich will das nicht, bitte!«

Bohdan war zu müde, um den Kopf zu drehen. Der gleißend helle Feuerball am Himmel war weitergekrochen und strahlte ihm frontal in die zusammengekniffenen Augen. Die Sonnenblende bot nur einen unzureichenden Schutz. Schweiß perlte von seiner Stirn und rann ihm in die Augen. Die Straße vor ihm verschwamm. Weit und breit war kein Unterschlupf auszumachen, nichts, was vor der erbarmungslosen Sonne Schutz geboten hätten. Er musste trotzdem anhalten. Um Benzin zu sparen, ließ er den Dodge ausrollen. Mit einem leichten Ruck kam der Wagen schließlich zum Stehen. Bohdan stöhnte und rieb sich die Augen. Schatten! Es war schon seltsam. Manchmal wurde eine ganz selbstverständliche Sache zur alles beherrschenden Sehnsucht. Schatten und Wasser. Kühles, klares Quellwasser im Schatten eines Berges. Mit dieser Vorstellung, einer Erinnerung an seine Heimat, die er unwiederbringlich weit hinter sich zurückgelassen hatte, schlief er ein.

Nächtliche Kälte weckte Bohdan auf. Er löste die Wange von der beschlagenen Scheibe und schlang die Arme um die Brust. Seine Glieder waren steif, er hatte Durst und Hunger, aber sein Geist hatte sich ein wenig erholt. Er spürte, dass ein Teil seiner Mushanti-Kräfte in ihn zurückgekehrt war. Bibbernd drehte er sich um. Die Rückbank war leer. Das Blut auf den Lederpolstern war getrocknet, der ganze Wagen roch stark nach Eisen. Wo war Nummer Acht? Hatte sie ihn zurückgelassen, wie damals Danija vor den Toren von Prak City? Aber das ergab keinen Sinn. Sie befanden sich mitten in der Wüste, und die Frau war schwer verletzt. Ein Klopfen gegen die Fensterscheibe ließ ihn zusammenzucken. Er wischte über das Glas und erkannte Nummer Acht in leicht gebückter Haltung neben dem Wagen stehen. Sich zusammenreißend öffnete Bohdan die Tür und stieg aus. Das aufrechte Stehen fiel ihm schwer, seine Beine fühlten sich taub und bleiern an.

Er musterte die geheimnisvolle Frau. Sie hielt ihre linke Hand auf die Hüfte gepresst, wirkte angeschlagen, aber bei weitem nicht so, wie es bei ihren Wunden und dem Blutverlust zu erwarten gewesen wäre. Über ihrer rechten Schulter hing ein Gewehr. Woher hatte sie das? Er räusperte sich trocken. »Warst du … jagen?«

Nummer Acht lächelte nicht. »Das ist nicht nötig, zumindest vorerst nicht.« Mit einer knappen Geste forderte sie ihn auf, ihr zu folgen.

Am Heck des Wagens blieb sie stehen und öffnete den Kofferraum. Bohdan musste grinsen, während er seinen Blick über das Wunder schweifen ließ: zwei Benzinkanister, eine Palette Dosen, eine Axt, eine Säge, ein Fernglas und Wasserflaschen. Gierig griff er zu. Der Deckel der Plastikflasche fiel ihm aus den zitternden Händen. Bohdan führte die Flasche zum Mund und trank. Der Wanderer fiel ihm ein, und er setzte die Flasche ab. Er wandte sich Nummer Acht zu und nahm nur noch kleine Schlucke.

»Ich schätze, das haben wir deiner kleinen Freundin zu verdanken«, sagte Nummer Acht kalt.

Der Gedanke an Danija versetzte Bohdan einen Stich. Hatte sie die Ereignisse vorausgesehen und den Kofferraum deshalb vollgeladen? Oder hatte sie selbst eine Reise geplant? Er schauderte. Danija, das wusste er von ihren Schachspielen, war vorausschauend und bereitete sich, soweit möglich, auf alle Eventualitäten vor. Hatte sie womöglich erwogen, Prak City gemeinsam mit ihm zu verlassen? Falls ja, was hatte er

Falsches getan oder gesagt, dass sie von dem Vorhaben abgerückt war? Er nahm einen weiteren kleinen Schluck. Das Wasser stärkte ihn und ließ ihn allmählich wieder klar denken. »Was machen wir jetzt? Wo gehen wir hin?«

»Lace Town«, sagte Nummer Acht einsilbig.

»Was ist das?«, wollte Bohdan wissen.

»Unsere einzige Chance«, erwiderte Nummer Acht. »Eine Oase, ein Nadelöhr, durch das man hindurch muss.«

»Um wo hinzukommen?«, bohrte Bohdan weiter nach.

»In die westlichen Ödlande«, sagte Nummer Acht gepresst. »Genug geplaudert. Es geht weiter.«

Bohdan nahm sich schnell eine Dose Bohnen aus dem Kofferraum und schloss ihn. Als er zur Fahrertür kam, saß Nummer Acht schon hinterm Steuer. Naserümpfend sah er die verletzte Frau an.

»Du fährst wie eine Schnecke«, erklärte sie barsch.

Einwände vor sich hinmurmelnd ging Bohdan zur Beifahrertür.

»Anschnallen«, befahl Nummer Acht, als er neben ihr Platz genommen hatte, und mit leisem Protest gehorchte er. Nummer Acht gab Gas, und mit quietschenden Reifen nahm der Dodge Fahrt auf. Sie beschleunigte so rabiat, dass es Bohdan in den Sitz presste. Nach einer halben Stunde in hohem Tempo musste er ihr innerlich recht geben. Im Vergleich zu ihrem Fahrstil, der die Nadel der Tachoanzeige am äußersten Rand der Skala zittern ließ, fuhr er tatsächlich wie eine Schnecke. Langsam entspannte er sich. Selbst wenn sie von der sandigen Straße abkämen, gab es keine gefährlichen Hindernisse, mit denen sie hätten kollidieren können. Nur endlose Wüstensteppe zu allen Seiten.

Aus dem Augenwinkel beobachtete Bohdan heimlich die Frau am Steuer. Ihre Haare waren eine rote, kurze, unregelmäßige Bürste, vermutlich hatte sie sie selbst geschnitten, und Bohdan bezweifelte, dass sie dafür eine Schere benutzt hatte. Von kleineren Narben abgesehen waren ihre Gesichtszüge geradezu unnatürlich ebenmäßig. Sie hatte hohe Wangenknochen und dünne, nur ganz leicht geschwungene Augenbrauen, was ihr einen grimmigen Ausdruck verlieh. Eigentlich war er doch ihr Retter, weshalb fühlte er sich dann nicht so? Warum war er überhaupt aus Prak City geflohen, wenn diese Kriegerin mit den leuchtend blauen Augen lediglich Schlaf nötig gehabt hatte, um sich zu erholen? Vielleicht war es ja noch nicht zu spät. Vielleicht sollte er umkehren. Aber die Vergangenheit war ein Ort, zu dem es kein Zurück gab, niemals wieder, und er wollte wissen, was hinter Lace Town, dem Nadelöhr lag.

Das Leder, das sich eng über den Bauch und die Brust der Frau an seiner Seite spannte, hatte zwei tiefe Risse, darunter war ihr nackter Körper zu sehen. Wo noch vor wenigen Stunden Blut aus tiefen Kratzern aus der hellen Haut gesickert war, hatte sich dunkelroter Schorf gebildet.

»Was glotzt du so, Kleiner?«

»Entschuldige«, sagte Bohdan ertappt, um sich gleich darauf eines Besseren zu besinnen. Diese Frau verdankte ihm immerhin ihr Leben. »Ich habe dich angesehen, weil ich mich fragte, wen ich gerettet habe. Ich finde, du könntest etwas … *netter* sein.«

Nummer Acht verzog geringschätzig den Mund. »Ich habe keine Zeit, nett zu sein. Keine Sorge, ich weiß, dass ich in deiner Schuld stehe.«

Und Bohdan hatte geglaubt, Hank sei kurz angebunden gewesen. »Wieso sollten wir keine Zeit haben? Wir sind zu zweit, in endloser, verlassener Weite.« Um seine Worte zu unterstreichen, hob er die Hände.

»Endlos ja«, stimmte Nummer Acht zu, »aber nicht verlassen.«

Bohdan holte Luft, doch Nummer Acht kam einer weiteren Frage genervt zuvor: »Die Reflexion auf zwei Uhr.«

Bohdan suchte durch zusammengekniffene Augen den Horizont ab. Halluzinierte die Frau? Da war nichts. Halt, jetzt erkannte er ein schwaches Glänzen. »Was ist das?«

»Lace Riders, sie bewachen die Grenze, und sie haben uns entdeckt.«

»Deshalb hast du es so eilig«, glaubte Bohdan zu verstehen.

»Nein«, widersprach Nummer Acht. »Die Sheds, sie werden den Tod ihres Bruders nicht ungesühnt lassen.«

Bohdan erinnerte sich, wie sie noch in Prak City erwähnt hatte, sie habe einen gewissen Nifrazsin getötet. Aus dem Kontext hatte er geschlossen, dass es sich um einen Shedai-nai handelte. Er setzte an: »Aber woher sollten die anderen wissen …«

Weiter kam er nicht. Sie riss das Lenkrad herum, einen Augenblick lang flogen sie, dann kamen sie holpernd auf dem Sand abseits der Straße auf. Der Wagen wurde durchgeschüttelt, bis Nummer Acht scharf bremste.

»Essenszeit«, sagte Nummer Acht, zückte ein kleines Messer und griff zwischen Bohdans Beine, wo er die Konserve eingeklemmt hatte. Sie hieb die Klinge in die Dose, schnitt sie auf und reichte sie wieder Bohdan. Sein Blick wanderte von den Bohnen zu der merkwürdigen Frau, dann wieder zurück zu den Bohnen. Schulterzuckend begann er, mit den Fingern zu essen. Während er aß, behielt er die Stelle in der Ferne im Blick, wo die Reflexion nun häufiger zu sehen war. Tatsächlich, etwas näherte sich ihnen.

»Holst du mir auch etwas zu essen?«, brach Nummer Acht das Schweigen. »Und«, fügte sie hinzu, »lass den Kofferraum offen.«

Bohdan kam sich schäbig vor. Die Frau verhielt sich derart seltsam, dass er nicht auf den Gedanken gekommen war, sie brauche ebenfalls Nahrung. Aber jeder brauchte Nahrung. Eine Entschuldigung murmelnd, stellte er den Rest seiner Mahlzeit auf das Armaturenbrett, leckte sich die Finger und stieg aus. Mit zwei unterschiedlichen Konserven kehrte er zurück und reichte sie seiner Begleiterin. Sie entschied sich für einen Eintopf, nahm erneut ihr Messer zu Hilfe und trank den Inhalt direkt aus der Dose.

Durch die offene Beifahrertür war nun deutlich das sich nähernde Fahrzeug zu erkennen. Bohdan erkannte große Reifen, die eine Staubwolke hinter sich aufwirbelten, und Ausleger zu beiden Seiten, auf denen Männer an Geschützen standen. Er wurde nervös, ließ sich allerdings nichts anmerken, da seine Weggefährtin in aller Seelenruhe ihren Eintopf schlürfte.

»Hast du wieder genug Mushanti-Kraft, um mich zu heilen?«, fragte Nummer Acht.

Bohdan sah zu dem aufgemotzten Fahrzeug, das einer kleinen rollenden Festung glich, und schätzte, wie lange es noch brauchen würde, um sie zu erreichen. Er nickte. »Aber dann will ich ein paar Antworten.«

Die Frau seufzte und meinte: »Einverstanden.«

Er legte die Hand auf ihr Schlüsselbein und benutzte die Heilmagie, welche die Baronesse ihm und Danija beigebracht hatte. Einen Moment lang hatte er das Gefühl, die Energie müsse eine Barriere durchdringen. Es war, als ob der Geist der Frau ihm leicht verzögert gestattete, den warmen Kraftstrom in sie zu leiten. Bohdan ging ganz in der Konzentration auf, vergaß alles um sich herum und fühlte sich in den Körper der Frau ein. Das war nötig, um den mentalen Balsam dorthin zu lenken, wo er benötigt wurde. Wie aus weiter Ferne nahm er ein erleichtertes Stöhnen wahr. Erst als ein heftiger Schwindel ihn in seinen eigenen Körper zurückwarf, zog er die Hand zurück. Erschöpft atmete er den Tribut aus.

Mit der ersten Luft, die er erübrigen konnte, fragte er stockend: »Also … woher wissen die Shedai-nai … dass einer ihresgleichen … in Prak City … gestorben ist?«

»Später«, sagte Nummer Acht.

Bohdan war noch zu erschöpft, um wütend zu werden, außerdem bemerkte er jetzt das Fahrzeug, das einen Steinwurf entfernt von ihnen zum Stehen kam. Zwei Gestalten mit zusammengestückelten Rüstungen und Turbanen um die Köpfe sprangen ab, die anderen blieben zurück. Zwei besetzten die festmontierten Harpunen-Geschütze, einer saß in der hohen Führerkabine hinter einem breiten Lenkrad. Auch ihre Gesichter waren von Turbanen verdeckt. Die Hände der beiden, die abgesprungen waren, steckten in weiten Ponchos, aber Bohdan zweifelte auch ohne ihre Auren zu lesen keine Sekunde daran, dass sie Waffen bei sich trugen und kampfbereit waren. Jetzt näherten sie sich.

»Kein Snug! Sonst seid ihr tschick-tschack Bumda-Futter!«, rief derjenige der beiden, der in kleinen, vorsichtigen Schritten auf Bohdan zukam.

Ohne jede Hast stieg Nummer Acht aus. Bohdan bemerkte das Messer, das sie zum Dosenöffnen verwendet hatte; es steckte hinten in ihrem Hosenbund.

Sie ging, scheinbar in aller Seelenruhe, um die Motorhaube herum und lehnte sich an.

Bohdan beobachtete, wie der eine Vermummte sie anstarrte und plötzlich stehenblieb. Er machte einen Schritt auf seinen Gefährten zu, und die beiden tuschelten. Bohdan verstand nur einen Bruchteil ihrer Worte, aber eines wiederholte sich in aufgeregtem Tonfall: *Guigai*.

Der offensichtlich Erfahrenere der beiden schlug seinen Turban zurück, und ein narbenreiches, aber gutaussehendes Gesicht mit rostfarbenem Teint wurde sichtbar.

»Du?«, sagte der Mann, sichtlich angespannt.

»Ja, ich«, erwiderte Nummer Acht, lässig an die Motorhaube gelehnt.

Eine Männerstimme rief von einem der Geschützstände ein Wort, das Bohdan nicht kannte. Der Mann, der seinen Turban gelüftet hatte, hob die Hand. »Wir wollen keinen Zengy mit dir, Guigai.«

»Das würde ich euch auch nicht raten«, sagte Nummer Acht. So lässig sie gesprochen hatte, die Drohung war nicht zu überhören. Etwas milder fügte sie hinzu: »Auch wir wollen keinen Zengy, sind nur auf der Durchreise.« Sie stemmte die Linke in die Hüfte und sagte, jetzt fast schon freundlich: »Ödländer sollten sich nicht treffen ohne einen Tauschhandel. Ich habe ein Angebot für euch.«

Bohdan ärgerte sich im Stillen darüber, dass er so wenig über die Gepflogenheiten der Wüste wusste.

Er begriff nicht, weshalb sich auf der Miene des Wortführers dieser Patrouille deutlich Erleichterung zeigte. Bohdan machte Anstalten aufzustehen, aber blitzschnell zog der bisher Stumme eine Handfeuerwaffe und richtete sie auf ihn. Es war ein seltsames, klobiges Ding, das aussah, als wäre es aus mindestens fünf anderen Waffen zusammengebastelt worden. Bohdan verharrte.

»Tsch, tsch«, zischte Nummer Acht, und die Waffe senkte sich ein kleines Stück. Sie deutete mit dem Daumen auf den Kofferraum. »Wir haben Proviant und Benzin«, nahm sie den Faden wieder auf. »Ihr könnt alles haben.« Die Waffe senkte sich weiter, sodass ihre Mündung nun auf den Sand vor Bohdans Füßen zeigte.

»Und was willst du als Gegenleistung, Guigai?«

»Nur einen kleinen Gefallen«, erklärte Nummer Acht. »Es könnte gut sein, dass hier bald ein paar Baichis aus Prak City auftauchen.«

»Es herrscht Frieden zwischen Lace und Prak«, sagte der Mann zurückhaltend.

Bohdan sah Nummer Acht durch die Windschutzscheibe lächeln. »Ich sagte auch nicht, dass ihr sie fertigmachen sollt. Wir wären euch nur dankbar, wenn ihr unser kleines Treffen hier vergessen könntet.«

»Welches Treffen?«, fragte der Mann, nun ebenfalls grinsend.

Nummer Acht schien auf etwas zu warten. Der Mann lachte auf und sagte: »Patta!«

Sie nickte. »Patta.«

Bohdan schlussfolgerte, dass damit ein Pakt besiegelt worden war. Alle Männer, auch die an den Geschützen, entspannten sich.

»Du kannst jetzt aussteigen«, wandte sich Nummer Acht an Bohdan.

Er lehnte sich neben sie an die Kühlerhaube und sah den Männern dabei zu, wie sie flink und routiniert den Kofferraum ausluden, um die Kanister und Paletten auf ihrem sonderbaren Vehikel zu verstauen. Bohdan gefiel diese Abmachung nicht. »Und was essen wir, Sand?«, fragte er leise.

»Für einen Holomancer fehlt es dir eindeutig an Geduld und Weitsicht«, wies Nummer Acht ihn flüsternd zurecht.

Bohdan keuchte. Oh, wenn diese Männer weg wären, würde er Nummer Acht mit Fragen nur so löchern. Und sie würde ihm antworten, sie hatte es versprochen!

Als alles verstaut war, hob der, der bereits zuvor zu ihnen gesprochen hatte, die rechte zur Faust geballte Hand. Er spreizte den Ringfinger und den kleinen Finger ab und sagte: »Gute Reise – und kein Zingy in Lace.« Damit zog er seinen Turban über den Kopf und schwang sich auf das Fahrzeug. Es nahm brummend Fahrt auf, überquerte die Straße und entfernte sich in Richtung Osten.

Bohdan wog ab, welche Frage er zuerst stellen sollte. Bevor er sich entschieden hatte, sagte Nummer Acht:

»Ich schlage vor, wir wechseln uns mit dem Graben ab. Ohne Spaten werden wir eine ganze Weile beschäftigt sein.« Mit diesen Worten ging sie zu einem Schild, das einige Schritte vom Wagen entfernt aus dem Sand ragte. Es war verwittert und zeigte ein Symbol, das Bohdan nicht kannte. Vermutlich stammte es aus der alten Zeit und war vom Sand verschüttet worden. Bohdan begriff, dass sie absichtlich genau hier gehalten hatten. Mit bloßen Händen begann Nummer Acht zu graben. Bohdan ließ sich im Schneidersitz neben ihr auf dem Boden nieder. Sie spürte seinen bohrenden Blick im Nacken, seufzte und meinte: »Ein Versteck, das ich vor längerer Zeit angelegt habe. Wir wollen schließlich nicht mit leeren Händen in Lace Town auftauchen.«

»Du hast mich einen *Holomancer* genannt«, sagte Bohdan, »was bedeutet das?«

Nummer Acht grub und antwortete: »Ein Holomancer beherrscht beide Grundarten der Magie. Die direkte und die rituelle. Mir ist nicht entgangen, was du bei dem Ritual zur Erweckung des Golems getan hast.«

»Gibt es viele Holomancer?«, fragte Bohdan.

Nummer Acht schüttete Sand auf einen wachsenden Haufen. »Eigentlich gibt es überhaupt keine.«

»Ah«, machte Bohdan. Er hatte so viele Fragen, aber jetzt befürchtete er, jede Antwort könnte zehn neue Fragen aufwerfen. Vielleicht wäre es besser, sich zuerst an klarere Dinge zu halten. »Der Mann vorhin hat dich Guigai genannt.«

»Wenn man lange durch die Ödlande streift, werden einem viele Namen gegeben. Du kennst mich als der Schwarze Reiter, an anderen Orten nennt man mich Dabela, Minx, oder eben Guigai.«

»Was bedeuten diese Namen?«, wollte Bohdan wissen.

Nummer Acht schniefte. »Sie bedeuten Teufel.«

Bohdan schauderte. »Ich werde dich Minx nennen, das klingt nett.«

Nummer Acht zuckte gleichgültig mit den Schultern und grub weiter.

»Woher wissen die Shedai-nai, dass du diesen Nifrazsin getötet hast?«, fragte Bohdan.

»Sie sind alle geistig miteinander verbunden«, erklärte Nummer Acht – oder *Minx*, wie Bohdan sie nun nennen wollte – in gleichgültigem Tonfall. »Nifrazsin war ein Donraf, ein …« Minx schien nach einem passenden Ausdruck zu suchen. »… ein Bote, ein Unterhändler.«

»Deshalb konntest du ihn besiegen«, riet Bohdan.

Minx wandte sich zu ihm um und schenkte ihm einen missbilligenden Blick. Zerknirscht sagte sie: »Jedenfalls ist ein Takushin ein anderes Kaliber, vor allem sind sie meistens zu zweit. – Komm«, fügte sie hinzu, »hilf mir graben, zu zweit geht es besser.«

Bohdan half, das Loch zu vertiefen. Sie grub, er schöpfte mit beiden Händen den Sand, der von den Seiten hineinrieselte, und warf ihn hinter sich. »Was ist ein Takushin?«

»Takushin sind Angehörige der Kriegerkaste«, erklärte Minx. »Sie tun ihr Leben lang nichts anderes, als sich im Kampf zu üben. Und das Leben eines Shedainai ist lang, sehr lang.« Sie wischte sich Schweiß von der Stirn.

»Was wollen sie eigentlich?«, dachte Bohdan laut nach.

»Ist dein Wissensdurst denn nie gestillt?«, stöhnte Minx. »Sie wollen die Welt beherrschen. Erst haben sie sie zerstört, jetzt begnügen sie sich damit, die kümmerlichen Reste zu tyrannisieren. So einfach ist das.«

»Und du kämpfst gegen sie?«, hakte Bohdan nach.

»Ganz recht.« Minx lächelte, aber es war ein böses Lächeln. »Ich jage sie und bringe sie zur Strecke, wo und wann immer ich kann.«

»Kann ich mich dir anschließen?«, fragte Bohdan. Es war einer dieser Momente, in dem eine Stimme tief aus den dunklen und unbewussten Anteilen seiner Seele sprach. Jene Stimme, die ihn dazu bewegt hatte, dem Wanderer zu folgen, sich den Nepomuk in Prak City anzuschließen, und auch jene, die ihn veranlasst hatte, Minx zu helfen. Es war die Stimme seines Schicksals. Er unterdrückte ein Schaudern.

Minx hatte aufgehört zu graben. Sie sah ihm unverwandt in die Augen. »Ehrlich gesagt, hatte ich genau das gehofft. Wenn wir unsere Kräfte vereinen, wären wir ein schrecklicher Gegner für die Sheds.«

Bohdan lag auf der Zunge zu fragen, ob es einen persönlichen Grund für ihren Hass auf die fremde Rasse gebe, aber da sah er auf dem Grund des Loches einen dunklen Fleck. Er fasste hinein, und seine Fingernägel kratzten über etwas Hartes. »Wir haben es geschafft!« Er hatte sich zu früh gefreut, sie mussten noch eine ganze Weile schuften, bis sie die Kiste gemeinsam aus dem Loch zerren konnten. Sie trugen sie zum Wagen, und im Licht der Abenddämmerung quietschten die Scharniere, als Minx den Deckel hob. Bohdan gab einen erstaunten Laut von sich. Zwei lange Messer mit gebogenen Klingen lagen auf einem Haufen von Quins. Noch nie zuvor hatte Bohdan so viel Geld gesehen. Sie waren reich.

Minx nahm sich eine Handvoll Quins, dann verstauten sie die Kiste im Fußraum vor dem Beifahrersitz. Danach schütteten sie das Loch zu, und Minx verwischte die Spuren.

»Auf nach Lace Town«, sagte Bohdan und schlug die Wagentür zu.

»Auf nach Lace«, pflichtete Minx ihm bei.

KAPITEL II

Bohdan betrachtete im fahlen Mondschein den Revolver, den Danija ihm geschenkt hatte. Er fuhr die eingeritzten Verzierungen mit der Fingerkuppe nach und dachte daran, wie es gewesen war, ihre Haut zu berühren.

»Pack ihn wieder weg«, wies Minx ihn an, »wir passieren gleich die Stadtgrenze.«

Bohdan schob den Revolver zurück ins Handschuhfach und sah sich um. Weit und breit war nichts von einer Stadt zu erkennen, nur mondbeschienene Wüste. Allerdings war ihm aufgefallen, dass die Straße seit einer Weile sanft angestiegen war. Bald hatten sie den höchsten Punkt erreicht, wie ein Pfeil schoss der Dodge über die Kuppe – und tatsächlich, vor ihnen tauchten Lichter aus der Dunkelheit auf. Lace schien Bohdan eine seltsame Stadt zu sein, wenn man die lose Ansammlung von Hütten überhaupt so nennen konnte. Insgesamt gab es hier weniger Dächer als in Stone Town, aber sie waren weiter verteilt. Nur im Zentrum standen wenige mehrstöckige Häuser aus Stein dicht beieinander. Jetzt erkannte Bohdan, dass die vereinzelten Behausungen in einer Kreuzform angeordnet waren. Die ganze Siedlung war im Grunde nicht mehr als eine Straßenkreuzung, an der sich Menschen niedergelassen hatten. Die Straße, auf der sie sich befanden, setzte sich nach Westen hin fort, im Zentrum der Siedlung wurde sie von einer weiteren großen Straße gekreuzt, die von Nord nach Süd verlief.

»Nja«, sagte Minx, »hat man Prak gesehen, erscheint einem jede andere Stadt in den Ödlanden wie ein schäbiges Rattennest – und genau das ist Lace.«

»Hätten wir es nicht umfahren können?«, fragte Bohdan.

Minx drosselte das Tempo und schaltete einen Gang herunter. »Lace ist zwar ein verfluchtes Rattennest, aber es ist auch ein erstklassiger Umschlagplatz. Für genug Quins lässt sich hier fast alles kaufen, und man muss sich mit keinen rivalisierenden Häusern rumschlagen.«

Sie hatten gerade die ersten Wellblechdächer erreicht, als zwei Motorräder wie aus dem Nichts auf sie zuschossen. Das eine bremste abrupt, sodass es quer auf der Straße stehenblieb. Ein gewagtes Manöver, befand Bohdan. Wenn Minx Gas gäbe, würde der Mann mit dem tätowierten, muskulösen nackten Oberkörper unter die Räder des Dodge geraten. Aber Minx beschleunigte nicht, im Gegenteil, sie hielt knapp vor dem Motorrad, das ihnen den Weg versperrte, an. Der andere Mann steuerte seine Maschine neben sie. Minx kurbelte das Fenster herunter. Der Fahrer grinste, tippte sich an die abgewetzte Ledermütze und sagte mit tiefer Stimme: »Howya! Bist ’ne Weile nicht hier gewesen, aber du bist natürlich immer willkommen, Guigai. Du weißt ja, wie's läuft.«

Minx nickte und reichte dem Mann einige Quins. Er zählte nach, und sein Grinsen wurde breiter. »Du willst sicher bei Cem unterkommen.«

»Hat er denn was frei?«, fragte Minx.

»Sige«, sagte der Mann, »für dich doch immer.« Er bückte sich und musterte Bohdan. »Ist der Amigosch da ein Gefangener?«

»Nein«, erwiderte Bohdan in einem wenig erfolgreichen Versuch, seine Stimme ebenfalls tief klingen zu lassen. »Ich bin Boh … der Diplomat. Wir sind Reisegefährten.«

»So, so«, lachte der Mann heiser. Die Geringschätzung auf seiner derben Miene war nicht zu übersehen. »Fahrt uns nach.« Damit drehte seine Hand am Gas, und die Maschine unter seinem Hintern heulte auf.

»Tolle Freunde hast du«, sagte Bohdan eingeschnappt, als sie den Motorrädern folgten.

»Ich habe überhaupt keine Freunde«, gab Minx tonlos zurück. »In den Ödlanden gibt es nur Typen, die einem etwas schulden oder denen man etwas schuldig ist.«

Bohdan dachte darüber nach. Hank hätte das ähnlich, vielleicht sogar noch zugespitzter ausgedrückt, aber sie waren Freunde geworden. Hanks Zuneigung zu ihm war so weit gegangen, dass er sein Leben für ihn gegeben hatte. Offenbar taten die berüchtigten Ödländer gern so, als wären sie noch härter als die harte Welt, die sie durchstreiften. Am Ende waren sie jedoch Menschen, Menschen mit Gefühlen, mit Gutem und Schlechtem in sich. Dennoch, an Minx war etwas grundlegend anders. Er hatte es gespürt, als er sie geheilt hatte.

»Du hast mir von den Namen erzählt, die andere dir gegeben haben«, sagte Bohdan. »Mir hast du dich mit *Nummer Acht* vorgestellt. Woher stammt *dieser* Name?«

»Du hast zu viel Zeit mit Kabbalisten verbracht«, tat Minx die Frage ab, um kurz darauf hinzuzufügen: »Wir sind da.«

Die Motorräder hielten zu beiden Seiten eines Tors, das an einen mit Stacheldraht verstärkten Zaun anschloss. Die Männer ließen ihre Maschinen aufheulen, der Sprecher hob die Hand, dann jagten sie davon. Die aus verschiedenen Metallteilen zusammengeschweißten Flügel des Tors schwangen langsam nach außen auf, exakt in der Mitte stand breitbeinig eine sonderbare Gestalt. Neben ihr kauerte hüfthoch eine kleinere.

»Wundere dich nicht über ihn«, flüsterte Minx Bohdan zu. »Cem hat seine Jugend bei der Brigada Novy verbracht und ist daher ein wenig exzentrisch. Aber er beschützt diesen Platz und seine Gäste, wie eine Rasa ihre frisch geworfenen Welpen.«

Zwei Scheinwerfer gingen an, und Bohdan erkannte die beiden Gestalten nun überdeutlich. Ein Mann mit hochgestellten, grünen Haaren. Er trug ein Hemd, darüber eine Weste mit einem Muster aus schrillen Farben und eine blaue Schlaghose. Ein nietenbeschlagener Gürtel umspannte locker seinen Bauch, an der Hüfte steckte eine Waffe mit langem Griff in einem Holster. In der Linken hielt er eine Leine, die zum Halsband eines Hundes führte. Das Tier war scheußlich anzusehen. Teile seines kantigen Kopfes waren rasiert, und wie sein Herrchen trug auch er eine gefärbte, hochstehende Bürste. Die beiden boten einen skurrilen Anblick.

»Ich regle das«, sagte Minx, öffnete die Tür, stieg aus und ging Cem entgegen. Als sie direkt vor ihm stand, fragte sich Bohdan einen Moment lang, was passieren würde, dann schlang Cem die Arme um Minx. Er klopfte ihr auf den Rücken. Sie lösten sich voneinander und begannen zu reden. Beiläufig tätschelte Minx den Kopf des Höllenviehs, das daraufhin ergeben winselte und seinen Kopf an ihrem Schenkel rieb. Bohdan gefiel es nicht, ständig im Wagen zurückgelassen zu werden, während die Frau Verhandlungen führte. Er musste daran etwas ändern, aber nicht mehr heute. Endlich kehrte Minx mit einem Schlüssel in der Hand zurück, und Cem und sein Hund gaben den Weg frei.

Sie folgten einem Mittelweg, vorbei an abgesteckten Grundstücken. Auf den meisten dieser Parzellen standen ausgebaute Camper. Minx bog ab, fuhr noch ein Stück, um vor einem mit Bohlen abgesteckten Flecken Erde, das direkt an den Außenzaun grenzte, zu halten. Ein langer, nur an manchen Stellen von Rost befallener Camper stand aufgebockt vor dem Zaun.

»Unser Hotelzimmer«, sagte Minx zwinkernd und stieg aus.

»Eine Pracht«, bemerkte Bohdan und folgte ihr.

Im Inneren machte der Camper mehr her als von außen. Die Küchenzeile war zwar winzig, aber sauber. Es gab einen ausklappbaren Tisch, zwei Stühle, einen Sessel und eine Toilette. Das Bett bestand aus zwei nebeneinander liegenden Matratzen auf einem Metallgestell. Die Decken waren gefüttert. Außerdem gab es einen gusseisernen Ofen, neben dem Holzscheite gestapelt waren. Bohdan entzündete ein Feuer, während Minx die Fenster schloss und die Vorhänge zuzog. Als das Feuer prasselte, trugen sie die Kiste vom Dodge in den Camper. Minx war offensichtlich schon öfters hier gewesen. Sie öffnete eine versteckte Luke, und gemeinsam schoben sie die Kiste mit dem kostbaren Inhalt hinein. »Reine Formsache«, kommentierte Minx. »Niemand würde es wagen, hier etwas zu stehlen.«

Bohdan erhob sich und trank einen Schluck aus dem Wasserkanister, der neben der Spüle stand. Müde setzte er sich auf den Rand des Bettes.

»Ruh dich aus«, sagte Minx und ging zur Tür.

»Und was machst du?«, wollte Bohdan wissen.

»Ich besorge uns etwas zu essen, rede mit Cem und höre mich ein wenig um. Warte nicht auf mich.«

Bohdan nickte erschöpft. An diesem späten Abend war seine Müdigkeit stärker als jede Neugier. Minx verließ den Camper, Bohdan legte noch zwei Scheite nach und ließ sich dann auf der weichen Matratze nieder. Das Feuer prasselte, und irgendwo war das Brummen eines Generators zu hören. Er kuschelte sich unter die Decke und schlief rasch ein.

Kurz wachte er auf, als Minx zurückkehrte und sich neben ihn legte, aber es gelang ihm, seinen Traum fortzusetzen. Eine Frau stand auf einer hohen Mauer und rief ihm etwas zu. Er wollte die Worte unbedingt verstehen, doch der Wind verwehte sie, riss Bohdan mit sich, und die Gestalt der Frau wurde immer kleiner, bis er sie ganz aus den Augen verlor. Darauf folgten andere Sequenzen, wirre Bilder, die sein Unbewusstes zu kurzen Szenen zusammensetzte. Zuletzt lief er auf eine von Bäumen umstandene Hütte zu. Aus der Hütte stieg ihm ein köstlicher Duft in die Nase, der ihm das Wasser im Mund zusammenlaufen ließ. Die Hütte verschwamm, die Bäume lösten sich auf, aber der angenehme Geruch blieb. Er schlug die Augen auf und sah Minx, die mit einer Küchenzange Speckstreifen in einer brutzelnden Pfanne wendete. »Gut geschlafen?«, fragte sie, ohne sich zu ihm umzuwenden.

Bohdan rieb sich die Augen und erwiderte gähnend: »Mh-hm.«

Sie aßen schweigend am Klapptisch. Es tat gut, etwas in den Bauch zu bekommen, und es schmeckte nicht schlecht. Vor allem die salzigen Gebäckstücke, mit denen sie das Fett aus der Pfanne auftunkten. Als sie fertig waren, ging Bohdan auf die Toilette, um sich danach mit dem Wasser aus dem Tornister ein wenig frisch zu machen. »Konntest du etwas in Erfahrung bringen?«, fragte er sie über die Schulter. Mitten in der Bewegung hielt er inne. Wassertropfen rannen ihm von der Stirn in die Augen, die auf Minx gerichtet waren. Ohne jede Scham schälte sich die Frau aus ihrer Lederkleidung. Sie hatte große, feste Brüste. Die Warzen waren steif.

Rasch wandte Bohdan den Blick ab. Er hörte, wie ihr Gürtel zu Boden fiel und wie sie ihre Schuhe auszog. »Was tust du?«, fragte er kleinlaut.

Minx schnaubte. »Was denkst du, was ich tue?«, fragte sie nüchtern. »Ich ziehe mich aus. Ich habe Lust auf Sex.«

Bohdan nahm seinen Mut zusammen, richtete sich auf und drehte sich zu Minx um, die mittlerweile vollkommen entkleidet mit überschlagenen Beinen auf der Bettkante saß. Seine Miene entglitt ihm wohl, denn Minx schnaubte erneut und meinte: »Mach keinen Zirkus daraus. Es ist ein körperliches Bedürfnis wie Essen, Trinken und Atmen.« Sie zog ein Bein hoch und legte den rechten Ellbogen auf dem Knie ab. Ihr Lächeln wirkte leicht gezwungen. »So wie du mich angestarrt hast, ehe wir mit den Lace Riders verhandelt haben, gehe ich stark davon aus, du willst mich auch. Komm zu mir. Es ist wie gemeinsam

Frühstücken. Das hat dich doch auch nicht verlegen gemacht.«

»Nein, hat es nicht«, gab Bohan zu. Er fand zwar durchaus, dass es einen Unterschied zwischen Essen und Sex gab, aber er sah keinen Grund, in diesem Augenblick auf seinem Standpunkt zu beharren. Überhaupt keinen Grund. Er kam auf Minx zu, und nun wurde ihr Lächeln ehrlicher. Sie drehte sich um und legte sich auf den Bauch. Offenbar wollte sie es ihm leichter machen. Sein Blick wanderte über ihren nackten, muskulösen Körper, die perfekten Rundungen. Die Narben am Rücken taten dem Eindruck keinen Abbruch. Plötzlich hatte er es sehr eilig, aus seiner Hose herauszukommen.

Die erste Runde war stürmisch, ungezügelt und rasch vorüber. Obgleich Bohdan den aktiven Part übernommen hatte, war es Minx gewesen, die die Kontrolle inne gehabt hatte. Bohdan mochte es nicht, wenn ihm jemand das Gefühl gab, ein kleiner Junge zu sein, und darin zeigte Minx ein erstaunliches Talent. Er wartete, bis sich sein Atem beruhigte, und besann sich darauf, was die Baronesse ihm beigebracht hatte. Minx war eindeutig überrascht, aber da es für sie eine äußerst angenehme Überraschung war, ließ sie es geschehen. Der folgende, lang anhaltende Akt kam einem Wettkampf gleich, ihre Stärke und Ausdauer gegen seine von der Baronesse erworbenen Techniken. Sie verausgabten sich, bis sie beide wohlig erschöpft nebeneinander auf dem Rücken lagen.

»In dir steckt in jeder Hinsicht mehr, als man vermutet«, sagte Minx.

»Wie lautet der Plan? Was machen wir jetzt?«, fragte Bohdan.

»Zuerst einmal gehen wir einkaufen«, erwiderte Minx. Sie atmete langsam aus, dann richtete sie sich auf, lächelte Bohdan bewundernd an und begann sich anzuziehen.

Sie hatten den Wagen stehenlassen und waren zu Fuß ins Zentrum von Lace Town spaziert. Auf den schattigen Gassen zwischen den hohen Betonhäusern herrschte ein widerwärtiger Gestank. Es roch nach Kot und dem vergammelnden Müll, der achtlos aus den Fenstern über ihnen geworfen worden war. Vor einer unauffälligen, schief in den Angeln hängenden Tür blieb Minx stehen. Sie klopfte zweimal kurz, dreimal lang, woraufhin ein Klicken im Schloss zu hören war. Die Tür öffnete sich, und ein breiter Mann mit kahlgeschorenem Kopf nickte Minx zu. Sie trat ein. Bohdan schob sich an dem stämmigen Typen vorbei und folgte Minx einen dunklen Gang entlang. Irgendwo über ihnen war Geschrei zu hören. Am Ende des Flurs führte eine Treppe hinab in eine finstere Tiefe. Die Luft war modrig und feucht. Wieder eine Tür. Minx schlug mit dem Handballen gegen das verstärkte Metall. Es dauerte eine Weile, dann öffnete sich ein vergitterter Sichtschlitz auf Augenhöhe. Klickend fuhr er wieder zu und ein Riegel wurde entfernt.

Das Quietschen der sich nach innen öffnenden Tür wurde von einem übel klingenden Röcheln begleitet. Es stammte von einem spindeldürren Mann mit hagerem Gesicht. Seine Wangen waren eingefallen, er trug eine abgewetzte Latzhose und sprödes graues Haar reichte ihm bis zu den Schultern.

»Du stehst zu deinem Wort, Guigai«, sagte der Mann und hustete in ein rot gefärbtes Taschentuch. »Kommt, folgt mir, ich habe alles gerichtet.«

»Nak, ist es in Ordnung, wenn sich mein Partner ein wenig umsieht?«, fragte Minx.

»Sige, sige«, stimmte der Mann namens Nak zu. »Aber fass nichts an«, fügte er einschränkend an Bohdan gerichtet hinzu.

Minx folgte Nak in eine offene Kammer. Bohdan beobachtete durch die Lücke eines vollgestopften Regals, wie Nak eine längliche Truhe auf einem Tisch öffnete. Minx griff hinein und nahm eine Schusswaffe heraus. Sie hielt das matt glänzende Kriegsgerät in der Hand und prüfte die Funktionen. Zufrieden legte sie das Stück auf den Tisch und nahm eine andere Waffe aus der Kiste.

Bohdan sah sich um. Das Lager bestand aus etlichen Regalen, an den Wänden standen Vitrinen. Schlendernd ging er von einem Gang in den nächsten und betrachtete die unterschiedlichen Waren. Das meiste ordnete Bohdan als Ramsch ein. Mottenzerfressene Schlafsäcke, ein Feldstecher, bei dem das eine Glas gesprungen war, Taschenlampen, Gaskocher,

Feuerzeuge, zusammenklappbare Schaufeln und andere Geräte, die verkratzt und wahrscheinlich auch beschädigt waren. Zwischen dem unsortierten Plunder fanden sich allerdings immer wieder Gegenstände, die in gutem Zustand schienen. In einem Regal standen Bücher. Bohdan las die Titel. Auf einem mit vergilbtem Einband stand: *Die heilige Schrift.*

Er lauschte. Nak war noch immer damit beschäftigt, Minx den Inhalt der Kiste zu präsentieren. Mit spitzen Fingern nahm Bohdan das Buch in die Hand und klappte es auf. Er hatte bei den Nepomuk in Prak City von der Bibel gehört und auch einige handschriftlich abgeschriebene Stellen gelesen. Der Blinde Nathan hatte jedoch kein Exemplar besessen. Soweit Bohdan wusste, handelte es sich um ein Zauberbuch, allerdings ein sehr schwaches, und so voll von Märchen, dass die wenigen wirksamen Sprüche schwer zu finden waren. Er blätterte ein wenig, steckte es sich dann unter den Arm und ging weiter. Kompasse, Angelausrüstungen, Feldflaschen, zusammengelegte Zelte, Karabinerhaken, Seile und Messer. Ein ganzes Fach war voll mit Klingen in verschiedenen Formen und unterschiedlichen Längen. Mit einem Mal überkam Bohdan ein sonderbares Gefühl. Er griff mit seiner mentalen Kraft hinaus und stellte fest, dass sich hinter der Wand neben ihm ein weiterer, geheimer Raum befand. Es war eigenartig – in dem Raum befand sich kein Lebewesen, und doch erkannte Bohdan Auren. Es waren Gegenstände, die wie der Revolver, den Danija ihm geschenkt hatte, eine eigene schwache Aura besaßen. Er begriff, es musste sich um magische Artefakte handeln.

Mit dem Buch unter dem Arm ging er zu Minx und Nak. Als er sie erreichte, nickte Minx zufrieden und legte eine Machete mit einem Griff aus weißem Horn zurück in die Kiste. Nak bemerkte Bohdan und das Buch unter seinem Arm. Er lächelte schief. Offensichtlich hatte er gar nicht damit gerechnet, Bohdan würde sich an seine Weisung halten, nichts anzufassen.

»Also«, sagte Nak, »du siehst, tausendfünfhundert sind ein guter Preis. Ist allerbeste Ware.«

»Tausend, eine runde Zahl«, feilschte Minx.

Nak hustete in sein Stofftaschentuch, dann lachte er heiser auf. »Du willst mich wohl arm machen! — Tausenddreihundert und das Buch dürft ihr umsonst mitnehmen.«

Minx sah Bohdan an. Ihm erschien es zu früh, um zu handeln. »Was befindet sich hinter dieser Wand?«, fragte er und zeigte auf die Stelle, hinter der er die magischen Gegenstände entdeckt hatte.

Nak funkelte ihn mit großen Augen an. »Ach so ist das.«

»Ja, so ist es«, bestätigte Bohdan, dem es gefiel, plötzlich ernstgenommen zu werden.

»Wenn ich euch das zeige und ihr etwas davon haben wollt, sprechen wir über eine ganz andere Summe«, gab Nak zu bedenken.

»Zeig uns, was du da hast«, forderte Minx.

Nak zuckte die Achseln und ging in Richtung der Wand. Bohdan und Minx folgten ihm. Nak tat etwas, was die beiden nicht sehen konnten, weil sein Rücken seine Hände abschirmte. In der Wand entstand ein kleiner Spalt vom Boden bis zur Decke. »Helft mir mal«, bat Nak. Mit gemeinsamen Kräften zogen sie die Geheimtür auf. Dahinter befand sich ein weiterer Lagerraum, nur dass hier Ordnung herrschte. Nicht mehr als ein Dutzend Objekte befanden sich in dem Raum. Bohdan ging auf einen Mantel zu, der an einem Ständer hing.

»Ist nicht so, als hätte ich dir was vorenthalten«, murmelte Nak entschuldigend an Minx gerichtet. »Deine langen Messer sind aus bestem Shimrir-Stahl. Ich habe sie hier herausgeholt, ehe ihr kamt.«

»Schon gut«, beruhigte ihn Minx.

Bohdan betrachtete die anderen Objekte. Vor allem ein mit Runen verzierter Stab und ein Schwert, dessen Klinge sonderbar geformt war, interessierten ihn, aber dann zog es ihn doch wieder zurück zu dem Mantel. Minx trat neben ihn. Hustend stellte sich Nak neben sie. »Das ist vermutlich der kostbarste Gegenstand, den ich je besessen habe. Er ist mit der Wolle eines Tiers gefüttert, das nicht von dieser Welt stammt. Fragt mich nicht, wie das möglich ist, aber das Futter schützt nicht nur gegen Kälte und den heftigsten Parny, sondern auch gegen Kugeln und Stiche. Hab's selbst ausprobiert.«

Minx zog den Mantel an einer Seite auf. »Er hat viele Taschen«, stellte sie fest.

Nak wischte sich Blut von den Lippen. Ihm schien unheimlich zumute zu sein. »Ich könnte schwören, dass sich das Teil von Tag zu Tag verändert. Die Taschen … wandern.« Er schauderte, dann zuckte er mit den Achseln. »Ganz ehrlich, ich hätte nichts dagegen, das Ding loszuwerden. Nur hab ich bisher niemanden gefunden, der das Teil erstens haben will und zweitens das nötige Kleingeld besitzt.«

Minx legte Bohdan eine Hand auf die Schulter. »Kannst du etwas damit anfangen?«

Bohdan betrachtete noch einmal die Aura des magischen Kleidungsstücks, dann nickte er.

»Was willst du dafür?«, fragte Minx.

Nak stieß geräuschvoll Luft zwischen seinen schmalen Lippen aus. »Pfff, mindestens tausend.«

»Du wirst keinen anderen Käufer dafür finden, das hast du selbst gesagt«, gab Minx zu bedenken. »Abgesehen davon fragen wir nicht, woher du deine Waren beziehst. Zweitausend für alles zusammen.«

Bohdan zuckte bei der Nennung dieser riesigen Summe zusammen.

»Zweitausendzweihundert«, forderte Nak.

»Patta« willigte Minx ein.

Sie vereinbarten, dass die Waren zu ihnen an den Camper geliefert werden würden. Dort sollte auch die Bezahlung stattfinden. Sie verabschiedeten sich von Nak und ließen ihn hustend in seinem Lagerkeller zurück. Aber damit waren ihre Einkäufe nicht abgeschlossen. In einem Pfandhaus kauften sie für wesentlich geringere Beträge nützliche Dinge für die Wildnis. Schlafsäcke, einen Wasserkocher, Hängematten, Insektennetze und für jeden einen Helm. Minx' war schwarz, Bohdans hingegen war mit einer kaum noch erkennbaren Flagge bemalt. Er passte nicht perfekt, aber er würde ihm nicht vom Kopf fallen. Allerdings fragte sich Bohdan, wofür sie überhaupt Helme brauchten, und das fragte er auch laut.

»Wir müssen den Wagen hierlassen«, antwortete Minx. »Er ist zu auffällig, zu schwerfällig und würde uns zu sehr auf Straßen beschränken.«

Bohdan unterdrückte den Protest, der ihm auf der Zunge lag. Minx Argumente ergaben Sinn, und sie wusste besser, was ihnen bevorstand.

An einem Imbissstand holten sie sich scharfe, gefüllte Teigtaschen. Im Stehen essend, beäugten sie die wenigen Passanten. Der eklige Husten von Nak schien keine Seltenheit zu sein. Eines hatten jedoch alle, die an ihnen vorbeikamen, gemein: Sie wirkten bedrohlich. Selbst dem Bettler, der ihnen eine verrostete Dose hinhielt, wäre Bohdan nachts nur ungern allein begegnet. Viele trugen ihre Waffen offen, und Blutflecken auf den Straßen zeugten davon, wie Auseinandersetzungen in Lace Town ausgetragen wurden. Bohdan hoffte, sie würden diesen übelriechenden Ort bald verlassen. Immerhin sprachen all ihre Vorbereitungen dafür. In einem Gemischtwarenladen kauften sie zehn abgepackte Proviantpakete und einige Döschen mit Pillen.

»Noch eine Station«, informierte Minx Bohdan, der die Tüten mit dem Proviant trug.

Sie mussten ein gutes Stück gehen, vorbei an Baracken, die in der Nachmittagssonne lange Schatten warfen, ehe sie diese letzte Station erreichten. Es handelte sich um eine Fahrzeughandlung mit angrenzendem Schrottplatz. Auch hier war Minx offenbar schon in der vergangenen Nacht gewesen. Ein breiter Mann mit einem Zigarettenstummel im Mund kam auf einer Rollplatte unter einem Auto hervor. Er grüßte Minx und nuschelte in seinen schwarzen Vollbart, dass die Maschinen bereitstünden. Sie folgten ihm hinter ein kleines Häuschen, wo er Abdeckplanen von zwei beräderten Höllenmaschinen zog. Minx begutachtete kennerisch ihren rabenschwarz glänzenden Feuerstuhl. Er war höher und breiter als die andere Maschine, die auf Bohdan allerdings noch furchteinflößend genug wirkte. Bohdan war noch nie in seinem Leben Motorrad gefahren. Er versuchte das Zittern seiner Hände zu unterbinden, während der Verkäufer einen Monolog in fachmännischem Tonfall hielt, von dem Bohdan nur Bruchstücke aufschnappte: »Kawasaki Z2000 … hab ihr 'nen neuen Tacho verpasst … an den Einspritzanlagen gedreht … Honda CB 650 F, der Klassiker unter den Reiskochern … Bremsscheiben an beiden Böcken erneuert … wie gewünscht, mit Cases und Satteltaschen ausgestattet … sind vollgetankt …«

Bohdan wurde einen Moment lang schwarz vor Augen. Minx und der Händler regelten das Geschäftliche. Der Mann spuckte in die Hand und reichte sie Minx. Sie schlug ein, diesmal zahlte sie bar, und der Handel war besiegelt. »Passt gut auf die beiden auf«, brummte der Mann, »hab 'ne Menge Arbeit reingesteckt.« Mit diesen Worten wandte er sich ab und verschwand, vermutlich wollte er weiter an dem Wagen schrauben.

Minx zog den Helm auf, schwang sich auf ihr Höllengerät, drehte den im Zündschloss steckenden Schlüssel und drehte am Gas, dass die Maschine aufheulte. Sie lächelte und warf Bohdan den anderen Helm zu.

Bohdan bestieg zögerlich sein Motorrad. Er wollte vor Minx nicht als Baichi dastehen und tat es ihr nach. Er drehte am Gas – und wurde durch die Luft geschleudert. Die Maschine unter ihm machte einen Salto und landete zur Hälfte auf seiner Brust, aus der schlagartig die Luft gepresst wurde.

»Hast du dich verletzt?«, fragte Minx.

»Nein«, stöhnte Bohdan, »nichts passiert.« Die Angelegenheit war ihm äußerst peinlich. Ungeschickt krabbelte er unter der Maschine hervor und richtete erst sich, dann das schwere Motorrad wieder auf.

»Gang einlegen, Kupplung langsam kommen lassen und mit Gefühl Gas geben«, riet Minx grinsend.

Diesmal klappte es, er fuhr los. Sie verließen das Grundstück des Händlers und bogen auf eine Straße ein. Minx beschleunigte, und Bohdan heftete sich an ihre Versen. Die Maschine gehorchte seinen Befehlen, manchmal sogar zu gut. Aber er schaffte es mit weichen Beinen und schweißnasser Stirn ohne Unfall an das Tor, an dem Cem stand und die Hand zum Gruß hob, als der Schwarze Reiter und sein neuer Gefährte an ihm vorbeifuhren.

Bohdan verschlief die Übergabe jener Waren, die sie bei Nak bestellt hatten. Als er aufwachte, setzte Minx ein langes Gewehr mit Zielfernrohr zusammen. Sämtliche Ablageflächen im Camper waren voll von Waffen, die auf Tüchern lagen und ölig glänzten. Neben Bohdan auf dem Bett lag der dunkle Mantel. Minx zog an einem Spannhebel, woraufhin ein Schlitten nach vorn raste, um mit einem Klicken einzurasten. Zufrieden legte sie das Gewehr beiseite. »Willst du ihn nicht anprobieren?«, fragte sie und nahm ein kleines Messer zur Hand.

Bohdan streckte sich, krabbelte aus dem Bett und schlüpfte in den Mantel. Er saß wie angegossen. Ein merkwürdiges Gefühl überkam Bohdan, als hätte er eine zweite Haut über die eigene gestreift.

»Steht dir«, sagte Minx anerkennend. Schneller als er reagieren konnte, verließ das Messer ihre Hand. Es wirbelte einmal in der Luft herum, um mit der Spitze auf ihn zuzufliegen – wirkungslos prallte es von dem Mantel ab.

»Und offensichtlich war er seinen Preis wert«, fügte Minx hinzu. »Das ist gut. Ich hätte Nak nur ungern das Fell über die Ohren gezogen.«

Bohdan schauderte. »Haben wir jetzt noch Quins übrig?«

»Nur noch wenige«, grollte Minx. »Wir brauchen einen Auftrag.«

»Einen Auftrag?«, fragte Bohdan verständnislos.

»Vom Sheds zur Strecke bringen allein lässt sich nicht leben«, erklärte Minx. »Du und ich, wir sind Kopfgeldjäger.«

»Ah«, machte Bohdan. Er war sich nicht sicher, ob er ein Kopfgeldjäger sein wollte.

»Sobald wir einen Auftrag haben, verlassen wir Lace«, sagte Minx. Sie schnaubte. »Ich schlage immer so viele Fliegen mit einer Klappe wie möglich.«

Am Abend verstand Bohdan, welche Rolle ihm bei seiner Partnerschaft mit Minx hauptsächlich zufallen würde. Sicher, er war ein Mushanti, aber sie war bisher auch ohne magische Kräfte bestens zurechtgekommen. Womit sie weniger gut klarkam, war der Kontakt zu Menschen. Sie konnte durchaus mit anderen umgehen, wenn es sein musste, aber im verrauchten Raum der heruntergekommenen Kneipe, in die sie eingekehrt waren, gestand sie Bohdan, dass sie es hasste. »Es gibt nur wenige Ausnahmen«, sagte sie, »Cem ist eine. Er ist in Ordnung. Bei ihm habe ich nicht das Bedürfnis, ihn zu töten, wenn ich mehr als drei Sätze mit ihm wechsle.«

Bohdan schluckte hart. Er hatte auf Minx Bitte hin mit den Männern zwei Tische weiter geredet, um herauszufinden, ob sie einen Job anzubieten hätten. Sie hatten ihn nicht ernst genommen und ihm unmissverständlich klargemacht, dass er ihren Tisch verlassen sollte.

»Ich weiß ehrlich gesagt nicht, ob ich darin besser bin«, gestand Bohdan. »Ich meine, ich will niemanden umbringen, aber …« Er brach ab, um sein Ansehen bei Minx nicht zu schmälern.

»Du bist doch Boh, der Diplomat«, neckte Minx. »Lass dich nicht so leicht einschüchtern«, fügte sie ernster hinzu. »Der Kerl da am Tresen. Versuch's bei ihm. Er heißt Quaka, und er hat Geld. Und wer Geld hat, hat auch Feinde.«

Bohdan nahm einen tiefen Schluck von dem bitteren Getränk, das hier ausgeschenkt wurde, wischte sich den Schaum vom Mund und stand auf.

»Mister Quaka, darf ich mich zu Ihnen setzen?«, fragte Bohdan höflich den Mann in dunkelgrüner Seidenweste. Er drehte seinen breiten Kopf nicht zu Bohdan um, sondern nahm verdrossen einen Schluck aus dem großen Humpen. Bohdan setzte sich auf den hohen Barhocker neben ihn.

»Mister Quaka«, setzte Bohdan noch einmal an, »ich möchte Ihnen meine Dienste anbieten.«

Nun musterte ihn der Mann kurz. »Geh nach Hause, Junge«, knurrte er. »Selbst wenn ich ein Problem hätte, würde ich die Lösung sicher keinem Grünschnabel wie dir anvertrauen.«

»Ich bin der neue Partner von … Guigai«, griff Bohdan nach dem letzten Strohhalm, der ihm einfiel.

Quaka zog geräuschvoll die Nase hoch. »Dann muss sie mächtig runtergekommen sein. Und jetzt zisch ab, Kleiner. Ich will mich ungestört besaufen.«

Bohdan hatte kein gutes Gefühl dabei, seine Kräfte für einen Show-Effekt einzusetzen, aber er tat es trotzdem. Das Wirken des Spruchs fiel ihm erstaunlich leicht. Lag es daran, dass er so viel geschlafen hatte und seine mentalen Kräfte sich dadurch wieder vollends regeneriert hatten? Zum Teil bestimmt, doch da war noch etwas anderes. Der Mantel! Er half ihm, seine Macht auf ein Ziel zu fokussieren.

Quaka wollte seinen Humpen heben, aber es gelang ihm nicht. Es war, als wäre das Gefäß am klebrigen Tresen festgewachsen. Er zerrte mit beiden Händen, doch der Humpen ließ sich nicht einen Millimeter bewegen.

»Ich mag es nicht, wenn man mich Kleiner nennt«, sagte Bohdan.

Quaka starrte auf den Humpen, dann sah er zum ersten Mal wirklich Bohdan an. Auf seiner Stirn entstand eine tiefe Falte. Er hatte begriffen. »Du bist ein …«, murmelte er.

»Ganz recht«, stimmte Bohdan rasch zu. Er wusste nicht, wer ihnen zuhörte und wollte vermeiden, dass das Wort ausgesprochen wurde.

»Na schön«, gab Quaka nach, »lass mich trinken und wir reden.«

Als Bohdan zu Minx zurückkehrte und ihr von dem Gespräch berichtete, fühlte er keinen Triumph, obwohl Minx ihn lobte. »Fünfhundert sind nicht schlecht für den ersten Job, den du für uns an Land gezogen hast«, sagte sie. »Und wir sollen ihm lediglich diese Karte zurückbringen?«

»Ja«, bestätigte Bohdan, »er will keine Rache an der geflohenen Geliebten.«

»Wenn sie nicht nach Prak City abgehauen ist, kann ich mir schon vorstellen, welche Richtung sie eingeschlagen hat. Wir sind ein gutes Team.« Minx hatte erstaunlich gute Laune, und aus dieser guten Laune heraus bestellte sie Runde um Runde von dem bitteren Getränk. Die Rückfahrt mit dem Motorrad war für Bohdan eine äußerst heikle Angelegenheit. Zweimal kam er von der Straße ab und in einer Kurve, die er zu scharf nahm, wäre er beinahe gestürzt. Schlimmer für ihn war allerdings der Schwindel, der ihn im Camper überkam, als er auf dem Rücken lag. Er war nicht nur unangenehm und verursachte Übelkeit, Bohdan spürte auch, dass er sich ungünstig auf seine Konzentration auswirkte. In seinem momentanen Zustand traute er sich nicht zu, den einfachsten Zauber zu sprechen, und er beschloss, zukünftig die Finger von alkoholischen Getränken zu lassen. Sein Beschluss stand fest, auch wenn der Konsum des Getränks ihm Hemmungen nahm und ihn mutiger machte. Ohne zweimal darüber nachzudenken, legte er seine Hand auf Minx Brust. Sie gurrte, und er griff fester zu. Bald waren sie entkleidet und er lag stöhnend auf ihr. Sie küssten sich, während er sich rhythmisch in ihr bewegte. Gleichzeitig erreichten sie den Höhepunkt. Minx schob ihn von sich, und schon im nächsten Moment schlief Bohdan ein.

KAPITEL III

Lace Town wurde im Rückspiegel kleiner und kleiner, um schließlich ganz vom Sand geschluckt zu werden. Bohdan war froh, wieder auf der Straße zu sein, nur dem Dodge trauerte er nach. Immerhin hatte Minx beteuert, dass er bei Cem in guten Händen war und sie ihn jederzeit abholen könnten. Auf dem Motorrad fühlte er sich immer noch unsicher, zumal das Case hinter ihm und die Satteltaschen an den Seiten vollbeladen waren, aber es wurde besser. Allmählich gewann er ein Gefühl für die Maschine.

Die Landschaft um sie herum war eintönig, Sand und Steppe, soweit das Auge reichte, bis vor ihnen braune Felsen auftauchten. Die Sonne brachte die Luft zum Flimmern, doch Bohdan erkannte immer schärfer die Umrisse eines aus der Ebene ragenden Gebirges. Der Sauerstoff wurde ihm knapp, und er öffnete das Visier des Helms. Sofort gerieten ihm Sandkörner in die Augen und brachten sie zum Tränen. Er schloss das Visier wieder. Minx fuhr an seiner Seite. Äußerlich war sie ganz *Der Schwarze Reiter*, aber Bohdan wusste nun, was unter der harten Schale steckte. Wusste er es wirklich? Konnte er ihr vertrauen? Ein helles blaues Licht am Himmel riss ihn aus seinen

Gedanken. Minx hatte es offenbar auch bemerkt. Sie bremste, hielt an und zog den Helm ab. Ein grimmiger Ausdruck lag auf ihrer Miene, während sie zum Himmel im Westen aufschaute. Dort war nur noch ein violetter Widerschein zu erkennen, ähnlich dem eines Kometenschweifs.

»Was hat das zu bedeuten?«, fragte Bohdan.

Minx presste die Lippen aufeinander. An ihrer Wange zuckte ein Muskel. »Es bedeutet, wir haben weniger Zeit als ich dachte.« Sie nahm den Helm in die Armbeuge und fuhr weiter. Bohdan folgte ihr.

Sie hielten auf das oben abgeflachte Gebirge zu. Bald erkannte Bohdan, dass es zweigeteilt war und die Straße mitten hindurchführte. Ein Canyon aus hoch aufragenden, gelben und braunen Gesteinsschichten. Sie fuhren jedoch nicht hinein. Minx verließ die Straße und hielt querfeldein auf den nördlichen Teil der Gebirgsformation zu. Zuerst ging es nur sanft bergauf, dann wurde es immer steiler und holpriger. Die Motorräder gaben ihr Bestes. Bohdan hatte den Eindruck, dass seine Maschine so sehr schwitzte wie er selbst.

An einem Hang angekommen, stiegen sie ab. Minx nahm einen fertig gepackten Rucksack aus ihrem Case und lud sich die Satteltasche auf die Schulter. Auch Bohdan nahm an sich, was er tragen konnte, und sie gingen zu Fuß weiter. Der Aufstieg war beschwerlich, und Bohdan hatte Mühe, Minx' Tempo zu halten. Er folgte ihr über Kämme, rutschte neben ihr Hänge hinab und keuchte, wenn es wieder steil bergauf ging.

An einigen Stellen waren sie zum Klettern gezwungen. Einmal löste sich ein Stein unter seinen Füßen, und er wäre gestürzt, hätte Minx ihm nicht blitzschnell eine rettende Hand hingehalten. Die Sonne stand tief, als sie endlich einen hohen Punkt erreichten, von dem aus man einen guten Blick in den Canyon und auf die durch ihn verlaufende Straße weit unter ihnen hatte.

»Hier rasten wir«, sagte Minx und stellte die Satteltaschen ab.

Bohdan sah sich nach allen Seiten hin um. Im Osten war nichts auszumachen außer trostloser Wüste und Steppe. Im Westen hingegen glaubte er, einen grünen Streifen zu erkennen.

»Du siehst richtig«, bemerkte Minx beiläufig und reichte ihm einen Feldstecher. Er nahm ihn zur Hand und blickte mit zusammengekniffenen Augen durch die Gläser. Tatsächlich! Jetzt erkannte er Baumkronen und braune Stämme. Ein Wald. Kleinere Baumbestände waren ihm aus seiner Heimat bekannt, aber er hatte noch nie so viele an einem Fleck gesehen, und der dichte Forst, der sich von Nord nach Süd erstreckte, schien endlos. Ein grünes Meer mitten in der Ödnis. Unwillkürlich schlich sich ein Lächeln auf seine Lippen. Die Welt war doch ein wundersamer Ort. Langsam drehte er sich. Im Süden machte er eine Rauchsäule aus. »Was liegt dort?«, fragte er, ohne das Fernglas abzusetzen, mit ausgestrecktem Zeigefinger.

»Ein Ort, den du niemals besuchen willst«, kam es von Minx zurück. Nach einer kurzen Pause fügte sie hinzu: »Und den Wald betritt auch niemand, der bei Verstand ist. Wir halten uns an die Straßen und das Land dazwischen, solange es kein Seuchengebiet ist.«

Der Begriff *Seuchengebiet* löste ein Schaudern bei Bohdan aus. Damals, als er mit dem Wanderer nach Stone Town unterwegs war, hatten sie auch ein Gebirge passiert. Eine grässliche Riesenspinne hatte sie dort in einer Höhle angegriffen. Er legte den Feldstecher ab und half Minx dabei, die Zeltplane abzuspannen. Mit Regen war nicht zu rechnen, aber es würde am nächsten Tag einen guten Schutz gegen die Sonne bieten. Die Seiten verschlossen sie mit Insektennetzen. Auf der dem Canyon abgewandten Seite erhitzte Minx eine Dose auf dem Gaskocher. Sie fächerte mit Bohdans Buch, damit der Rauch nicht als kleine Wolke in den Himmel aufstieg. Sie aßen schweigend, um sich daraufhin mit einer Handvoll Trockenfrüchte an den Rand des Hochplateaus zu setzen.

»Was war das vorhin für ein blaues Licht?«, fragte Bohdan, auf einem süßen, harten Kern kauend.

Minx spuckte aus. »Die Menschen, die in der Nähe des dunklen Waldes leben, nennen es Thanaton. Für sie ist es ein Zeichen kommenden Unheils. Und sie haben recht damit. Hast du dich schon einmal gefragt, wie die Sheds die gesamte Welt kontrollieren können?«

»Nein«, gestand Bohdan. Er wusste so gut wie nichts über die Shedai-nai. Und bisher hatte er nicht den Eindruck, dass sie die Ödlande kontrollierten.

»Der Wanderer sagte mir, sie interessieren sich überhaupt nicht für uns.«

»Solange wir keine Gefahr für sie darstellen und alles in ihrem Sinne ist«, belehrte ihn Minx. »Aber darauf wollte ich nicht hinaus.« Einen Augenblick dachte sie nach, um dann fortzufahren: »Die verfluchten Sheds können die größten Entfernungen in einem Wimpernschlag zurücklegen. Allerdings immer nur von einem Sprungpunkt zum anderen. Meist liegen diese Knoten in Wäldern.« Sie deutete mit dem Finger auf den entfernten Wald. »Dort befindet sich der Prak City nächstliegendste Knoten. Das Licht am Himmel, das du vorhin gesehen hast, bedeutet, dass jemand gesprungen ist.«

»Dann werden sie hier durchkommen«, verstand Bohdan.

Minx schnippte mit den Fingern ein Stück Fruchthaut von sich. »Und wir werden sie aufhalten. Sie werden zu zweit sein, ein Takushin-rih. Das Problem besteht darin, dass wir nicht beide töten dürfen.«

»Weshalb nicht?«, wollte Bohdan wissen.

»Weil es dann nicht lange dauern würde, bis das nächste Thanaton am Himmel zu sehen wäre. Einer muss überleben. Keine Sorge, ich weiß, wie wir ihn dennoch unschädlich machen können. Ich tue das hier nicht zum ersten Mal.«

Daran hatte Bohdan keinen Zweifel. Minx schien ganz in ihrem Element. Etwas an ihrer eisernen Entschlossenheit behagte ihm jedoch nicht. Aber er konnte nicht fassen, was es war. Die Shedai-nai waren böse, das wusste jedes Kind in den Ödlanden. Sie zu jagen und zu erledigen konnte also nicht verkehrt sein. Dennoch … Die langen Tage in dem dunklen Kellerlabyrinth des Blinden Nathan hatten ihn gelehrt, dass der erste Blick, die Augen überhaupt, einen täuschen konnten. Echte Wahrheiten waren meist von komplizierter Natur. Er schob seine Vorbehalte beiseite. Er hatte sich entschieden, Minx zu begleiten, und zu seinen Entscheidungen musste man stehen. »Wie kämpft man gegen einen Shedai-nai?«, fragte er.

Minx seufzte erleichtert. »Das ist die erste vernünftige Frage, die du stellst.« Sie lächelte Bohdan zufrieden an. »Ich zeige es dir.«

Sie standen sich im letzten Abendlicht am Rand der Klippe gegenüber. Bohdan griff zum zehnten Mal aus sich hinaus. Es war, als würde er ganz sanft seine Finger auf ihre Haut legen, nur dass es sein Geist war, der sie berührte. Er konzentrierte sich, sammelte seine Kraft, um die Barriere zu durchdringen. Minx atmete aus und schob langsam ihre Handflächen nach vorn. Die physische Bewegung wirkte auf mentaler Ebene. Bohdans Geist wurde zurückgedrängt. Er bewältigte den Tribut und spürte der Bewegung, die stattgefunden hatte, nach. Es war ärgerlich, dass sie nur einseitig üben konnten. Er musste lernen, wie sie ihn abwehrte, ohne es selbst ausprobieren zu können, da Minx über keine Mushanti-Kräfte verfügte.

Dennoch gewann er allmählich ein Verständnis dafür, wie diese halb körperliche, halb geistige Antimagie funktionierte. Minx hatte für diese Form der Abschirmung definitiv ein angeborenes Talent, und er glaubte nicht, dass er darin jemals so gut werden könnte wie sie, aber vielleicht gut genug, um einen Shedai-nai zu überraschen. Er sammelte sich und versuchte es noch einmal, diesmal mit einem aggressiveren Spruch, einem mentalen Schlag auf niedriger Kraftstufe. Minx vollzog eine halbe Drehung und ließ den Schlag abprallen. Bohdan verstand, dass sie die Bewegungen nur ausführte, um ihm plastisch vorzuführen, wie die Abwehr vonstatten ging, eigentlich brauchte sie sich gar nicht zu rühren. Sie beherrschte diese Kunst ganz natürlich.

Bohdan setzte sich und widmete sich dem Tribut. »Wenn ich weitermache, werde ich morgen darunter leiden«, erklärte er.

»Dann hören wir jetzt auf«, entschied Minx und setzte sich ebenfalls. Sie sah Bohdan an, und in ihrem Blick lag offene Bewunderung. »Es ist unglaublich, wie schnell du lernst. Ehe ich dir begegnet bin, hätte ich es nicht für möglich gehalten, dass ich diese Technik überhaupt an jemanden weitergeben könnte.«

»Es ist mindestens so sehr eine Veranlagung wie eine Technik«, sagte Bohdan müde.

»Eben«, stimmte Minx zu.

Es war bereits dunkel, dennoch glaubte Bohdan einen Schatten über ihre Miene huschen zu sehen.

Vermutlich hatte sie sich an etwas erinnert. Was war ihre Geschichte? Woher stammte sie? Bohdan wollte sich gerade mit einer unverfänglicheren Frage an das Thema herantasten, da sagte Minx: »Lass uns schlafen gehen. Morgen wird ein langer Tag.«

»Wann werden die Shedai-nai kommen?«, fragte Bohdan, während Minx sich erhob.

»Frühestens übermorgen. Das bedeutet, wir sollten morgen Abend alle Vorbereitungen abgeschlossen haben.«

Bohdan starrte an die Zeltdecke. Nicht nur das Rätseln über Minx Abstammung und die Frage, weshalb sie die Shedai-nai so sehr hasste, hielten ihn wach. Er hörte Geräusche. Vor allem ein Wühlen und Scharren, das er ganz in der Nähe ihres Rastplatzes verortete, ließ ihn angespannt lauschen – bis ihm endlich doch die Augen zufielen. Wieder träumte er von einer Frau, und er ahnte, dass die Frau Danija war, obwohl er sie aus weiter Ferne sah. Sie stand auf einer Brücke und rief ihm etwas zu, aber der Wind wehte in die falsche Richtung und trug die Worte fort, ehe sie sein Ohr erreichen konnten. Er selbst stand aufrecht in einem Boot. Die Strömung des Flusses trieb ihn immer weiter weg von der Brücke und der Frau. Er drehte sich im Boot um, und nun hörte er das laute Rauschen eines Wasserfalls. Die Strömung wurde immer stärker, es gab keine Ruder. Unentrinnbar trieb er dem Getöse entgegen. Er wollte schreien, doch seine Kehle war wie zugeschnürt, kein Laut drang aus seinem Mund,

und das Rauschen des Wasserfalls wurde unerträglich laut. Er hatte das Gefühl zu fallen, dann wachte er auf.

Er krabbelte aus dem Zelt, stand auf und rieb sich die Augen. Minx hockte ein Stück entfernt auf dem Boden und baute das Gewehr mit dem langen Lauf zusammen. Er wollte eben zu ihr, da sah er ein grässliches Ding vor seinen Füßen; beinahe wäre er darüber gestolpert. Es war ein etwa drei Meter langer Wurm, nur, dass das tote Wesen unzählige Beine an den Seiten hatte. Sein ovaler Kopf war mit gefährlich aussehenden Fangwerkzeugen und mit kurzen, schaufelartigen Pranken bestückt. Eine scharfe Klinge hatte das Biest der Länge nach aufgeschlitzt. Eingeweide quollen aus der Wunde. Bohdan unterdrückte seinen Ekel und stieg über das widerliche Wesen hinweg.

»Ein Bumda«, sagte Minx, ehe er fragen konnte. »Sie graben Tunnel und ernähren sich hauptsächlich von Aas. Aber wenn sie über einen längeren Zeitraum kein Aas finden, wagen sie sich auch an lebende Beute. Sie sind ein Grund, weshalb man stets mit einem offenen Auge schlafen sollte.« Minx schob ein Magazin in den dafür vorgesehenen Schlitz am Griff des Gewehrs. Mit einem Klicken rastete es ein. Sie lud durch, nahm das Gewehr in Anschlag und sah prüfend durch das Zielfernrohr. Zufrieden legte sie es ab. »Sige, schaffen wir den Bumda weg, und dann üben wir weiter.«

Es war eine widerwärtige Arbeit, den grauen Wurm weit genug fortzuschleifen, damit sein Leichnam keine

Artgenossen oder anderen Räuber anlockte. Nach einem kurzen Frühstück führte Minx ihre Unterweisung in Magie-Abwehr fort. Der Tag verging viel zu schnell. Bohdan hatte den Eindruck, lediglich an der Oberfläche zu kratzen. Er glaubte nicht, im Kampf standhalten zu können – nicht ohne weiteres Training. Aber sie hatten keine Zeit mehr. Bohdan fühlte es, die Shedai-nai näherten sich. Sie kamen in die Ödlande, um herauszufinden, was mit ihrem Bruder geschehen war, und sie würden blutige Rache nehmen an allen, die mit seinem Tod zu tun hatten. Beim Abendessen weihte Minx Bohdan in ihren Plan ein. Er war simpel. Wenn alles glatt lief, mussten sie überhaupt nicht kämpfen. »Warum haben wir dann heute so viel geübt?«, wollte Bohdan wissen.

Minx zeigte ihm ein raubtierhaftes Grinsen. »Weil auf der Jagd nach Sheds niemals alles glatt läuft.«

Sie gingen früh schlafen, um am nächsten Tag all ihre Kräfte zur Verfügung zu haben.

***

Bohdan hatte Magenschmerzen, aber er wusste, es war nur die Aufregung. Warten war nicht seine Stärke, und genau das taten sie seit vielen Stunden. Sie lagen flach auf dem Bauch am Rand der Klippe und beobachteten den Canyon, in dem sich nichts, aber auch rein gar nichts rührte. Nur manchmal heulte der Wind durch die Schlucht und stob Sandwolken auf. Minx hatte das Scharfschützengewehr mit ihrem dünnen Schlafsack umwickelt, damit die Sonne nicht auf dem Metall reflektierte und sie verriet. Bohdan starrte durch den Feldstecher, Schweiß rann ihm übers Gesicht. In ganz langsamen Bewegungen, wie Minx es ihm eingebläut hatte, führte er die Plastikflasche zum Mund und trank einen kleinen Schluck. Als er sie wieder absetzte, traute er seinen Augen kaum. Sie kamen. Zwei Gestalten mit verschnürten, länglichen Bündeln auf den Rücken. Sie liefen nebeneinander. Ihre Gangart war schnell, wirkte aber mühelos, als ob sie Tage lang am Stück so laufen könnten. Sie waren fast gleich groß, die langen Haare trugen sie zu Zöpfen geflochten. Bohdan wagte nicht, sich zu rühren. Er sah es nicht, aber er fühlte, wie sich Minx Finger um den Abzug krümmte. Obwohl er darauf vorbereitet war, zuckte er zusammen, als der Schuss die Stille zerriss und der Knall in der Schlucht widerhallte.

Das Zucken hätte beinahe ausgereicht, um die Szene unten im Canyon aus den Augen zu verlieren; das Zucken und die übermenschliche Schnelligkeit der Shedai-nai. Den Rechten hatte es von den Beinen gefegt, er war gestürzt. Ohne das geringste Zögern reagierte der andere. Er packte seinen Bruder unter den Achseln und zog ihn rasch auf einen Felsen zu. Minx lud durch und feuerte erneut. »Verdammt!«, fluchte sie. Diesmal hatte Bohdan nicht gezuckt und genau gesehen, wie die Kugel knapp neben dem Bein des Verwundeten in den Boden schlug. Der dritte Schuss traf den Felsen, hinter dem die beiden Shedai-nai nun Deckung gefunden hatten.

»Und jetzt?«, brachte Bohdan atemlos hervor.

»Jetzt haben wir ein Problem«, gab Minx grimmig zurück. Ohne ein weiteres Wort legte sie das Gewehr ab, robbte rückwärts und stand auf. In gebückter Haltung huschte sie davon, um die Shedai-nai an der wahrscheinlichsten Stelle des Aufstiegs in Empfang zu nehmen. So hatten sie es abgesprochen. Nervös übernahm Bohdan das Scharfschützengewehr. Das Zielfernrohr vergrößerte genauer als der Feldstecher. Bohdan sah deutlich ein rotes Licht, das von dem Felsen ausging, hinter dem die beiden Shedai-nai Deckung genommen hatten. Er musste nicht lange rätseln, was das Licht zu bedeuten hatte. Der Unverletzte heilte magisch seinen Bruder. Vielleicht, keimte kurz Hoffnung in Bohdan auf, würden sie einfach weiterziehen und den Zwischenfall auf sich beruhen lassen. Immerhin befanden sie sich in einer strategisch ungünstigen Position. Aber nein. Nach allem, was Minx über die Takushin, die Kriegerkaste der Shedai-nai, erzählt hatte, war keinesfalls mit einem Rückzug zu rechnen. Sie würden stolz und bis aufs letzte Blut kämpfen. Bohdan legte den Finger auf den Abzug und wartete mit angehaltenem Atem. Da! Einer kam hinter dem Felsen hervor. Rasend schnell sprintete er im Zickzack über offenes Feld. Bohdan drückte ab, verfehlte jedoch. Er ärgerte sich über sich selbst. Ein bewegliches Ziel war immer schwer zu treffen, vor allem ein so schnelles wie der Shedai-nai mit seinen wirbelnden Zöpfen, aber er hatte nicht alles gegeben. Etwas hatte ihn zurückgehalten und jetzt war es zu spät. Der Shedai-nai hatte einen Überhang erreicht. Als Bohdan zurück zum Felsen schwenkte, verfluchte er sich doppelt. Der tollkühne Zickzacklauf war lediglich eine Ablenkung gewesen, damit der Verletzte seine Stellung räumen konnte. Bohdan sah ihn gerade noch verschwinden. Jetzt waren beide auf seiner Seite des Hangs, und damit war er Minx in seiner Position keine Hilfe mehr. Langsam erhob er sich. Jetzt würde es hässlich werden, sie mussten nun Auge in Auge kämpfen.

Noch ehe er die Stelle erreichte, die Minx verteidigen wollte, hörte Bohdan Schüsse, und dann, erschreckend wenige Augenblicke darauf, das Klingen von Metall auf Metall. Jetzt war er da. Der unverletzte Shedai-nai war den steilen Hang hochgekommen und focht auf einem Vorsprung gegen Minx. Der Shedai-nai schwang ein Schwert mit schwarzer Klinge. Beidhändig bedrängte er Minx, die mit ihren kürzeren Klingen parierte und versuchte, einen Stich durch die Deckung ihres Feindes zu führen. Der Shedai-nai wich geschickt aus und versetzte Minx einen Haken mit dem Knauf seines Schwertes. Kurz taumelte sie zurück, fasste sich jedoch rasch wieder, streckte den einen Arm aus, sodass die Spitze der Machete auf die Brust des Gegners zeigte, während sie den anderen hochnahm, bereit für einen Hieb von oben.

Der Shedai-nai zischte etwas in einer fremd klingenden Sprache. Bohdan verstand lediglich den Namen *Nifrazsin*.

Minx gab eine einsilbige Antwort und machte einen Schritt auf den Feind zu. Ihre Bewegungen hatten auf Bohdan stets elegant und geschmeidig gewirkt; im Vergleich zu denen des Shedai-nai, der sein Schwert nun in beide Hände nahm und ebenfalls einen Schritt nach vorne tat, wirkten sie jedoch beinahe plump und ungelenk. Ohne dass Bohdan aus sich herausgriff, spürte er den unsichtbaren Schutzschild, der den Shedai-nai umgab. Es wäre schwierig, wenn nicht gar unmöglich, direkt einen Zauber gegen ihn zu wirken. Aber vielleicht konnte er Minx auf indirektem Wege helfen. Der Shedai-nai hatte ihn bemerkt, konzentrierte sich aber auf Minx, die zum Angriff überging. Die Schwerter tanzten blitzschnell durch die Luft, mühelos wehrte der Shedai-nai die kürzeren Klingen ab. Er pflückte einen von oben geführten Streich aus der Luft, kurz schabte Metall kreischend über Metall. Der Shedai-nai drückte Minx' Machete nach unten und zog sein Schwert zurück, um zuzustechen. Bohdan hatte gewartet und sich vorbereitet, jetzt schleuderte er den Stein, den er bereits mental umgriffen hatte, in Richtung Kopf des Shedai-nai. Dieser duckte sich im letzten Moment, wodurch der tödliche Streich gegen Minx sich verzögerte. Minx nutzte die Gelegenheit und riss ihre ihre Klinge hoch. Blut spritzte in die Luft. Jetzt kam der Stich des Shedai-nai, aber er traf ins Leere. Minx war ausgewichen und stieß ihrem Feind die andere Machete seitlich unter die Achsel. Der Shedai-nai keuchte auf. Minx ließ die eine Machete fallen, umfasste den Griff der anderen mit beiden Händen und rammte sie tiefer in das Fleisch des Feindes. Mit einem Ruck drehte sie die Waffe, ehe sie sie aus dem zuckenden Körper herausriss. Der Shedai-nai ging in die Knie, Blut rann ihm aus den Mundwinkeln.

Minx hob die Machete und schlug ihm den Kopf ab. Der abgetrennte Kopf kullerte den Hang hinab und blieb vor den Füßen des zweiten Shedai-nai liegen. Trauer, unbändiger Zorn, und nacktes Erstaunen spiegelten sich auf der Miene des Takushin wider, der gerade noch rechtzeitig gekommen war, um der Enthauptung seines Bruders beizuwohnen. Er riss sein Schwert aus der Rückenscheide, stieß einen Kampfschrei aus und stürmte hangaufwärts los. Wie Bohdan bereits zuvor aufgefallen war, hatte der Heilzauber ihn nicht vollends wiederhergestellt. Er war zwar immer noch übermenschlich schnell, aber nicht schnell genug. Minx zog eine Maschinenpistole und schoss aus der Hüfte. Obwohl der Shedai-nai einen Haken schlug, trafen ihn einige Kugeln in die Beine. Er strauchelte und fiel.

»Halt ihn am Boden«, knurrte Minx und ging dem Gestürzten vorsichtig entgegen.

Bohdan murmelte einen Unternamen für Schlaf und konzentrierte sich auf den Shedai-nai. Sein natürliches

Schutzschild gegen mentale Beeinflussung war zusammengebrochen, und Bohdan spürte nur einen leichten Widerstand. Um ganz sicherzugehen, dass er Minx nicht verletzen würde, schickte er noch rasch einen Spruch hinterher, der eine Starre auslöste. Während Bohdan den Tribut bewältigte, drehte Minx den hilflosen Shedai-nai auf die Seite und band ihm die Hände auf dem Rücken zusammen. Obwohl der Shedai-nai von den Zaubern unschädlich gemacht worden und schwer verletzt war, ging Minx äußerst grob mit ihm um. Sie stieß ihm ihr Knie in den Rücken und überprüfte, ob die Fesseln festsaßen, dann stand sie auf und wischte sich Schweiß und Blut von der Stirn. Sie nickte Bohdan zu, und Bohdan erwiderte die Geste, auch wenn er einen Kloß im Hals hatte.

Der Kloß löste sich nicht, sondern wurde fester und härter, als Minx den Gefangenen an den Haaren hinter sich herschleifte. Sie folgten einem schmalen Pfad, der in schwindelerregender Höhe leicht abfallend tiefer in den Canyon führte. Bohdan ging, die Hände zu Fäusten geballt, hinterher. Er sprach nicht aus, was ihm missfiel. Der Shedai-nai war ein bösartiger und äußerst gefährlicher Feind, trotzdem erschien es ihm falsch, den stolzen Krieger derart zu demütigen. Außerdem hatten sie nicht mit ihm gesprochen, sie hatten das Feuer eröffnet und seinen Bruder getötet, selbstverständlich war er da auf sie losgegangen. Bohdan beschloss, einfach nicht so genau hinzusehen, er musste Minx vertrauen.

Nach einem anstrengenden Marsch erreichten sie einen ebenen Felsvorsprung. Minx ließ den Shedai-nai los und trat an ein verrostetes Eisenrad. Bohdan begriff. Es handelte sich um einen gut getarnten Höhleneingang. Ein ideales Gefängnis für die Ewigkeit, weder von unten noch von oben erkennbar. Niemand würde es zufällig entdecken. »Warte hier«, wies Minx ihn an, nachdem sie die stählerne Tür gerade so weit aufgezogen hatte, dass eine einzelne Person durch den Spalt passte. Ein Übelkeit erregender Gestank drang aus dem Inneren. Bohdan räusperte sich und nickte knapp. Sein Blick kreuzte den des Shedai-nai, der mehr tot als lebendig und auch ohne Zauber, der auf ihm lag, wehrlos war. Bohdan hielt dem Blick stand, und der Shedai-nai spuckte ihm einziges Wort zwischen aufeinander gepressten Zähnen entgegen: »Khunthar!«

Minx packte ihn erneut an den Zöpfen und zerrte ihn in die Dunkelheit der Höhle. Die Tür schloss sich, und Bohdan war allein. Er setzte sich auf den Steinboden und wartete. Er war müde, aber bald überkam ihn Neugier. Er griff aus sich heraus – nur um an dem Metall der Tür abzuprallen. So leicht gab er nicht auf. Er ließ seinen Geist durch den Felsen dringen, aber er wurde erneut zurückgestoßen. Jetzt verstand er. Das gesamte Gefängnis war von einem Schutzwall umgeben, der auch für seine Mushanti-Kräfte undurchdringbar war. Das ergab Sinn, so konnten die Eingesperrten keinen Kontakt zu ihren Brüdern

aufnehmen. Wie viele Minx wohl bereits darin eingesperrt hatte? Die Vorstellung von mehreren schwer
verletzten Shedai-nai, die dort drinnen ohne Nahrung,
ohne Wasser, ohne Licht, ohne Hoffnung ein jämmer-
liches Dasein auf der Schwelle zum Tod fristeten,
verursachte Bohdan Übelkeit. Entschieden schüttelte
er sein Unbehagen ab. Nein, wahrlich, kein Feind von
Minx war zu beneiden. Endlich öffnete sich die Tür,
Minx schlüpfte durch den Spalt und verschloss den
Eingang hinter sich. Sie lehnte sich mit dem Rücken
gegen das Metall und atmete tief durch.

»Das haben wir gut gemacht, Boh«, sagte sie. »Ich
danke dir für deine Hilfe. Wir haben Prak City und
die gesamten Ödlande vor einer großen Gefahr be-
wahrt.«

»Ja«, sagte Bohdan, und die skeptische Stimme tief
in seinem Innersten wurde zu einem fast unhörbaren
Flüstern.

Sie gingen zurück zum Lagerplatz, und die leise
Stimme, die Mitgefühl mit den Shedai-nai empfand,
verstummte vollends, als sie sich unter freiem Himmel
lang und ausgiebig liebten. Ihre Vereinigung war ein
Akt des Triumphs und der Überlegenheit. Sie hatten
zwei der gefährlichsten Wesen in den Ödlanden geschlagen, es gab nichts, mit dem sie nicht fertig wurden.
Die Welt gehörte ihnen.

KAPITEL IV

Nach dem Frühstück hatten sie die Waffen der Shedai-nai vergraben und die Leiche des Enthaupteten verscharrt, um danach den Lagerplatz zu räumen. Jetzt saßen sie auf ihren Motorrädern und jagten durch den Canyon. Bohdans Mantel flatterte im Zugwind, als er nach oben sah zu der Stelle, wo das verborgene Gefängnis lag. Er richtete den Blick zurück auf die Straße vor sich und nahm sich vor, nie wieder an diesen Ort zu denken. Minx hatte einem der Shedai-nai-Krieger einen Gürtel abgenommen. Beim Frühstück hatte sie ihn Bohdan schenken wollen, sie hatte gesagt, es handle sich um einen Kraftgürtel, der zusätzliche Stärke auf seinen Träger übertrage. Bohdan hatte mit seinem magischen Blick gesehen, dass es sich tatsächlich um ein Artefakt mit einer eigenen, dunkelblau schimmernden Aura handelte, aber er hatte dennoch abgelehnt. Er wollte nichts an sich haben, das ihn an den unfairen Kampf gegen die Takushin erinnerte.

Der Canyon war lang, aber schließlich wurden die Felsen zu beiden Seiten der Straße niedriger und sie waren endlich wieder von Steppe umgeben. Nach links und rechts war die trostlose Einöde gewohnt endlos, vor ihnen jedoch näherte sich die Waldgrenze. Ein braun-grüner Strich, der immer mehr Kontur annahm. Als die Straße eine Biegung vollzog, lenkte Minx ihr Motorrad querfeldein. Die Sonne hatte den Zenit nur leicht überschritten. Unbarmherzig brannte sie hernieder, und Bohdan schwitzte heftig unter seinem Helm. Er gab Gas, überholte Minx und gab ihr zu verstehen, dass er eine Pause brauchte.

Er zog den Helm ab, dessen Futter klatschnass war. Minx klappte lediglich das Visier hoch. Sie tranken, und Bohdan fragte, den Blick nach Norden gerichtet: »Wieso glaubst du, finden wir die Geliebte von diesem Quaka ausgerechnet in New Town?«

»In New Town, Paix oder Bitnan Suo«, korrigierte Minx, »die drei Dörfer gehören zusammen.« Sie trank noch einmal und klemmte die Flasche wieder in die Halterung, ehe sie hinzufügte: »Es sind die einzigen halbwegs sicheren Orte für jemanden auf der Flucht. Kladice und Klantovy sind gefährliche Orte, und da sie zumindest eine Weile in Lace gelebt hat, wird ihr das klar sein. Auch Quaka wird wissen, wohin sie sich davongemacht hat.«

»Wieso holt er sich seine Karte dann nicht selbst zurück?«, wandte Bohdan ein.

Minx dehnte ihre behandschuhten Handgelenke. »Ich nehme an, er will seine Geschäfte in Lace nicht sich selbst überlassen. Vermutlich will er sich auch nicht selbst die Finger schmutzig machen.«

Das ergab Sinn, fand Bohdan, aber eine Frage hatte er noch: »Sie könnte doch durch den Wald weiter nach Westen gezogen sein …«

»Was habe ich dir über den Wald gesagt?«, gab Minx scharf zurück.

»Dass niemand mit Verstand ihn betritt«, erinnerte sich Bohdan.

»Gewöhne dich daran«, sagte Minx etwas milder, »unsere Welt ist überschaubar. Sie endet überall dort, wo der Wald beginnt.«

»Weil die Shedai-nai in den Wäldern ihre Knotenpunkte haben«, murmelte Bohdan mehr zu sich selbst.

Minx nickte. »Ja. Aber es gibt auch noch andere Gefahren, die unter den dichten Kronen der Bäume hausen.« Sie sah Bohdan an. »Mach dir nichts draus, die Ödlande sind groß genug. Und dass niemand die Wälder betritt, hat seine Vorteile für uns. Es erleichtert unseren Job.« Sie klappte das Visier wieder herunter, und sie fuhren weiter.

Es wurde immer holpriger. Bohdan musste beide Hände am Lenkrad lassen, um die Maschine unter Kontrolle zu halten. Die Arme wurden ihm schwer. Aber nur ein Teil seines Geistes war darauf konzentriert, Minx' Tempo zu halten ohne zu stürzen, ein anderer malte sich aus, wie es wohl wäre, durch diese verbotenen Wälder zu streifen. Eines Tages würde er es vielleicht wagen und herausfinden, was hinter den Ödlanden lag.

Wegen des Helms und des Mantels bemerkte Bohdan erst spät, dass Wind aufkam. Im Westen, aus dem die Sonne schien, war der Himmel klar, im Osten hingegen verfärbte er sich dunkelgrau. Die Böen wurden so stark, dass Bohdan den Impuls verspürte, das Tempo zu drosseln, doch Minx tat genau das Gegenteil. Sie gab Vollgas. Mit angespannten Armen folgte Bohdan ihrem Beispiel. Jetzt verstand er ihre plötzliche Eile. Im Osten hatte sich eine breite, turmhohe, wirbelnde Wand aus Sand gebildet, die rasch näherkam. Ein Sandsturm.

Sie rasten über die Steppe auf eine Hügelkette zu. Der Wall aus Sand kam immer näher. Die Böen ließen nach, es wurde vollkommen windstill. Die Ruhe vor dem Sturm. Sie fuhren einen Hügel hinauf. Bohdan erkannte ihr Ziel – eine Ansammlung von Häusern an einem Flusslauf. Er glaubte nicht, dass sie es rechtzeitig schaffen würden. Es lag in seiner Macht, einen Zauber zu wirken, der sie vor dem Sturm schützte, aber seine Konzentration war zu stark abgelenkt, als sie den Hügel hinabfuhren. Beinahe wäre er gestürzt. Bohdan beschloss, auf Minx Erfahrung zu vertrauen. Er brach den Zauber ab und holte den letzten Rest aus der jaulenden Maschine unter ihm heraus. Jetzt hatte die Sturmfront sie erreicht. Überall um Bohdan herum war wirbelnder Sand, er sah nur noch Minx und musste aufpassen, sie nicht versehentlich zu rammen. Der Wind war so stark, dass er ihm fast die Hände vom Lenker riss. Kurz verloren die Reifen die

Bodenhaftung, einen Moment lang flog er durch die Luft, um wieder hart aufzukommen. Panik erfasste ihn. Wenn der Sturm ihn erfasste, war es zu spät, einen Zauber zu wirken. Er würde ihn mit sich reißen, auf den Wald im Westen zu. Minx rief etwas, aber er konnte sie nicht verstehen. Er gab noch einmal Vollgas, bretterte über eine Holzbrücke, und dann sah er Häuser neben sich. Das Klappern von Läden mischte sich in das Heulen des Windes. Er bremste und und wollte absteigen, aber ein Windstoß fegte das Motorrad um, und Bohdan gelang es gerade noch, sich mit einer Hand am Lenker festzukrallen. Minx tauchte über ihm auf. Sie packte ihn hart am Handgelenk und zerrte ihn auf ein Gebäude zu.

Als die Tür hinter ihnen zufiel, herrschte ganz plötzlich Stille. Bohdan rappelte sich auf. Es war nicht wirklich still, nur im Vergleich zu dem Tosen draußen war es verhältnismäßig ruhig. Der Wind pfiff durch Ritzen in Stein und Holz. Während Minx an seiner Seite sich den Staub abklopfte, blickte Bohdan sich im Raum um. Offensichtlich befanden sie sich in einer Art Gaststätte, einem Saloon, ähnlich dem in Stone Town. Vielleicht ein Dutzend Männer und eine Handvoll Frauen saßen am Tresen und den wenigen Tischen. Sie musterten die Neuankömmlinge oder steckten tuschelnd die Köpfe zusammen. Alle hatten Angst. Nicht vor Minx und Bohdan, sondern vor dem Sturm. Im besten Fall würde er nur Verwüstungen anrichten, im schlimmsten würde er stark genug sein, das Dach über ihnen fortzureißen, und damit wäre ihr aller Leben unmittelbar in Gefahr.

Minx schritt selbstbewusst an den Tresen und sprach den dicklichen Mann dahinter an, der nervös ein bereits funkelnd sauberes Glas polierte. Bohdan setzte sich neben Minx auf einen Barhocker und las weiter die Auren der Gäste. In der Nähe eines Fensters saßen zwei Männer an einem Tisch, die aus den übrigen herausstachen. Ihre Auren schimmerten in einem kühlen Violett, das nur von schwachen roten Adern durchzogen war. In der physischen Welt fiel trübes Licht durch die Schlitzen der Fensterläden auf ihre bärtigen Gesichter. Ein Gewehr lehnte am Stuhl des einen, und beide trugen Waffen in ihren breiten Gürteln.

»Sie gehören der Miliz von Don Festa an«, sagte Minx leise.

Es war nicht der rechte Augenblick für Nachfragen und Erklärungen. Bohdan dankte dem Barmann für die vorgesetzte Ziegenmilch. Minx trank eine rote Flüssigkeit, die nach einer Bohdan unbekannten, vergorenen Frucht roch. Sie setzte ihren Plausch mit dem Barmann fort. Offensichtlich war der Mann froh über die Ablenkung.

Einer der beiden Bewaffneten stand auf und kam mit großen, betont selbstsicheren Schritten an den Tresen. Er baute sich neben Bohdan auf und beugte sich nach vorn, um Minx beim Sprechen anzusehen. »Schön, dass du mal wieder vorbeischaust, Guigai.«

»Dominik«, gab Minx den Gruß knapp zurück.

Jetzt wandte sich Dominik breit grinsend an Bohdan: »Dann musst du Boh, der Diplomat sein.« Der Mann hielt Bohdan seine Rechte hin. Bohdan schüttelte sie, war jedoch froh, als der feste Griff sich löste.

»Woher kennst du meinen Namen?«, fragte Bohdan.

»Wir haben gestern eine Lieferung aus Lace erhalten«, erklärte Dominic, immer noch grinsend. »Und neben ihren Waren bringen Händler immer Geschichten mit. Ist es wahr, was man sich über die Nacht des Schreckens in Prak erzählt, die ganzen Ungeheuer und den Dämon?«

»Du hast den Angriff der wilden Stämme vergessen«, ergänzte Minx.

»Es ist also wahr!«, sagte Dominik laut, um leiser an Bohdan gerichtet hinzuzufügen: »Und du hast dieses Höllenbiest erledigt?«

Bohdan zuckte die Achseln. »Ich hatte Hilfe.«

»Nicht so bescheiden!«, rief Dominik und wandte sich zu dem offenen Raum um. »Hört mal, wir haben einen echten Helden unter uns! Der kleine Mann hier hat Prak City gerettet!«

»Lass es gut sein«, sagte Minx in einer Tonlage und mit einem Gesichtsausdruck, die Dominik tatsächlich vorerst zum Schweigen brachten. Ein besonders heftiger Windstoß fegte über das Gebäude hinweg und ließ die Balken unter dem Dach knarzen. Unwillkürlich fuhr Bohdan zusammen, einige andere bückten sich abrupt.

Dominik grinste verächtlich, aber er wagte nicht, die Stimme noch einmal zu erheben. »Ich wollte mich nicht über ihn lustig machen«, sagte er in Minx Richtung. »Hab ihn mir nur anders vorgestellt, den großen Held von Prak City.« Sein Grinsen verblasste. »Du weißt ja, wie's läuft, Guigai. Du bist in Paix willkommen, solange ihr euch an die Regeln des Dons haltet. Wir wollen keinen Ärger.«

Minx drehte sich halb auf dem Hocker, sodass die Macheten und die Pistolen in ihren Halftern zu sehen waren. Ihre Stimme klang freundlich, aber ihre Augen funkelten, als sie erwiderte: »Dann solltest du aufhören, welchen zu suchen, Dominik.«

Der Angesprochene hielt Minx Blick nicht stand, schnaubend wendete er sich ab und ging zurück an den Tisch, von dem aus sein Kompagnon die Unterhaltung beobachtet hatte.

»Nette Leute«, flüsterte Bohdan.

»Jeder geht anders mit seiner Angst um«, gab Minx ebenfalls flüsternd zurück. »Manche ducken sich, manche plustern sich auf.«

»Und manche«, sagte Bohdan und sah Minx dabei in die Augen, »scheinen überhaupt nie Angst zu haben.«

Minx lächelte mild und trank einen Schluck von dem gleichzeitig herb und süß riechenden roten Getränk in ihrem Glas.

Der Sturm ebbte ab, und mit seinem Abflachen kehrte das Leben in die Schenke zurück. Einer der Gäste nahm eine Geige aus einem Koffer und begann zu fiedeln.

Zwei Frauen tanzten zu seinen heiteren Melodien. Immer mehr Menschen kamen von draußen hinzu, bis es eng und stickig wurde und Bohdan den Eindruck hatte, dass sich das gesamte Dorf versammelt hatte. Wie viele der anderen aßen auch Minx und Bohdan einen mehlig schmeckenden Bohneneintopf. Die Stimmung war ausgelassen, aber Bohdan fiel auf, dass ein Großteil der Gäste trübe Augen hatte und schlecht sah. Es kam häufig zu Zusammenstößen, woraufhin sich Rempler wie Angerempelter floskelhaft entschuldigten, eindeutig waren die Leute daran gewohnt. Die Ausgelassenheit, das allgemeine Aufatmen, dass man den Sturm heil überstanden hatte, endete plötzlich, als Dominik und sein Kompagnon sich in der Mitte des Raums postierten und Dominik laut rief, der Spaß habe nun ein Ende. Alle sollten nachhause gehen, um am nächsten Morgen ausgeschlafen zur Arbeit zu erscheinen. Es gebe viel zu tun. Einige murrten, aber die meisten gehorchten direkt und ohne Widerspruch.

Minx und Bohdan folgten dem Schankwirt eine Treppe hinauf. In einem schmalen Flur wies er ihnen zwei Zimmer zu. Bohdan legte sich hin und schlief augenblicklich ein. Er träumte von sonderbaren Gestalten mit Augen aus Stein. Sie umringten ihn, streckten die Hände nach ihm aus. Er fragte sie, was sie von ihm wollten, aber sie waren stumm. Tränen aus Blut rannen aus ihren Steinaugen. Die Szene löste sich auf, und mit einem Mal befand er sich in dem Studierzimmer tief unter dem Hauptgebäude der Nepomuk. Der Blinde Nathan hockte vor ihm und wartete darauf, dass Bohdan ein Rätsel löste. Als er aufwachte, konnte er sich an das gestellte Rätsel erinnern, es lautete: *Nichts fließt nicht.* Was bedeutete das? Dass alles in ewigem Fluss war, oder das die Entität *Nichts* unbeweglich war? Ergab dieser Spruch überhaupt einen Sinn? Bohdan setzte sich im Bett auf und strich sich die Haare aus der Stirn. Noch ein wenig schlaftrunken verließ er den kleinen Raum und ging die Treppe hinunter in den Schankraum. Minx wartet schon am Tresen.

»Guten Morgen, Langschläfer«, grüßte sie ihn.

»Morgen«, nuschelte Bohdan und setzte sich neben sie.

Der Barmann tischte ihm ungefragt ein herzhaftes Frühstück auf, gebratene Fleischstücke und ein fester Brei aus Gemüse. Während Bohdan heißhungrig aß, versorgte Minx ihn in knappen Sätzen mit Informationen. Sie habe die Motorräder eine Straßenecke weiter aus dem Dreck ziehen müssen. Sie könnten von Nachhall reden, dass sich niemand an den Satteltaschen zu schaffen gemacht habe. Jetzt gelte es, diese entflohene Geliebte ausfindig zu machen. Minx tippte darauf, dass sie in Bitman Suo – neben Paix und New Town das dritte Dorf unter dem Kommando von Don Festa – Unterschlupf gesucht hatte.

»Weshalb ausgerechnet dort?«, fragte Bohdan kauend.

»Es ist das entlegenste Dorf und das ärmste«, erwiderte Minx. »Ein schmutziger Arbeiter mehr oder weniger fällt in Bitman Suo kaum auf.«

Das ergab Sinn, dachte Bohdan. »Und was ist dieser Don Festa für ein Mann?«

Minx seufzte leise, offensichtlich war sie seiner Fragen schon wieder müde, aber sie antwortete: »Ein mächtiger und damit ein gefährlicher.«

Bohdan gab sich mit der Auskunft vorerst zufrieden. Er aß seinen Teller leer, und sie verließen das Gasthaus. Bei ihrer Ankunft in dem Sandsturm hatte Bohdan kaum etwas von dem Dorf wahrgenommen, jetzt, während sie ihre Motorräder bestiegen, sah er sich um. Was seine Augen erblickten, war ein ärmliches Nest, direkt an einem schmalen Bach gelegen. Es gab nur wenige Häuser aus Stein, die meisten Hütten bestanden aus Lehm. Einige waren in sich zusammengefallen, sodass man ihre Skelette aus Pfählen und zwischen ihnen geflochtenen Ruten erkannte. Bohdan wunderte sich, dass niemand mit dem Wiederaufbau der Hütten beschäftigt war, überhaupt schien das gesamte Dorf ausgestorben. Als sie nach Norden fuhren, wurde ihm klar, weshalb niemand im Dorf gewesen war. Männer, Frauen und Kinder arbeiteten auf riesigen, rechteckig angelegten Feldern. Manche Frauen trugen mit Bändern festgeschnürte Säuglinge vor der Brust oder auf dem Rücken, alle hatten als Sonnenschutz Kopftücher oder Hüte auf dem Kopf.

Die meisten Frauen schnitten in der Hocke an Pflanzen mit gelben Blüten, die meisten Männer harkten im Stehen oder zerrten schwer beladene Leiterwagen hinter sich her. Aufseher mit Peitschen an den Gürteln überwachten die Feldarbeiten. Bohdan fuhr hinter Minx mit zugeklapptem Visier über einen schmalen Streifen zwischen zwei Feldern. Wenn sie nahe an einem der Arbeitenden vorbeikamen, wurden sie gegrüßt. Bohdan grüßte jedes mal freundlich zurück.

Bitman Suo entsprach Minx' kurzer Beschreibung. Einen armseligeren Ort konnte Bohdan sich nicht vorstellen. Es war eine Ansammlung von Lehmhütten und Baracken, die nicht mehr als das Allernotwendigste zum Unterkriechen boten. Die braune Erde war an vielen Stellen schwarz von Feuerstellen. Der Wald war nah und wirkte bedrohlich, und es stank. Nach Kot, Urin und nach etwas Beißendem, das Bohdan nicht einordnen konnte. Kargheit war er von den Free People gewöhnt, aber das war keine Kargheit, es war Elend.

Sie stellten die Motorräder ab und gingen zu Fuß weiter. Bohdan musste dem Drang widerstehen, sich die Nase zuzuhalten. Und er fragte sich, wie schlimm Quaka als Geliebter gewesen sein musste, dass die Geflohene freiwillig in diesem Elendsnest Zuflucht gesucht hatte – wenn sie denn wirklich hier war.

»Was sind das für Felder, durch die wir gekommen sind?«, fragte Bohdan, um sich von der ekelerregenden Armut, die sie umgab, abzulenken.

»Die Pflanze, die angebaut wird und aus unbekannten Gründen nur hier wächst, nennt sich Fuschu«, erklärte Minx. »Ungekocht ist sie giftig, und ihre Pollen reizen die Augen. Richtig zubereitet bieten die Stängel und Blätter eine reichhaltige Nahrungsgrundlage. Das war der Hauptbestandteil des Gemüsebreis, den du vorhin gegessen hast.« Minx bog an einem Misthaufen rechts ab. Der Gestank wurde immer intensiver, geradezu schwindelerregend. »Wertvoller macht die Fuschu-Pflanze allerdings ihre zweite Verwertungsform. Aus den Blüten lässt sich eine Droge herstellen. In Prak ist sie verboten, aber in Lace, Kladice und Klantovy finden sich stets gute Abnehmer.«

Bohdan wollte gerade fragen, weshalb die Leute hier dann so arm waren, doch sie hatten offenbar ihr Ziel erreicht. Minx blieb stehen. Im Schatten einer Lehmhütte saß ein alter Mann, der mit einem schmutzigen Lappen Fliegen verscheuchte. Neben ihm lag dösend eine haarlose Katze. Minx machte einen Schritt auf den Alten zu und begab sich in die Hocke. Bohdan ließ sich neben ihr nieder.

»Nummer Acht«, grüßte der alte Mann Minx und schlug im nächsten Moment mit dem Lappen auf das Knie seines ausgestreckten Beins. Seine graue Hose klebte am Schenkel, am Knie hatten getrocknetes Blut und Eiter den Stoff durchdrungen. Bohdan unterdrückte ein Würgen. Der Mann verfaulte bei lebendigem Leib.

»Dante«, erwiderte Minx den Gruß. »Das ist mein Freund und Partner Bohdan.«

»Sehr erfreut«, sagte der Mann lächelnd, »ich habe von dir gehört.«

»Ach ja, woher?«, fragte Bohdan. Er hatte Schwierigkeiten, die gewählte Ausdrucksweise des alten Mannes mit seiner äußeren Erscheinung zusammenzubringen. Er wirkte klug und weltgewandt. Warum saß er dann hier im Dreck und verscheuchte Fliegen?

Minx kam dem Alten mit ihrer Antwort zuvor: »Dante hört viele Dinge.« Sie wandte sich an Dante: »Und genau deshalb sind wir zu dir gekommen. Wir suchen eine Frau.«

Bohdan gab die Beschreibung von Quaka wieder, und Minx ergänzte: »Keine Sorge, wir wollen ihr kein Leid zufügen. Wir haben lediglich den Auftrag, einen Gegenstand, den sie bei sich trägt, zu seinem Besitzer zurückzubringen.«

Dante lächelte wieder, ehrliches Mitgefühl lag in diesem Lächeln. »Ach, seit ich dich kenne, Nummer Acht, suchst du jemanden. Bist du des ewigen Suchens noch immer nicht leid geworden?«

»Ich könnte Ihnen mit dem Bein helfen«, bot Bohdan an.

Dante lachte. »Ihr beiden passt gut zueinander. – Jedenfalls auf den ersten Blick«, fügte er einschränkend hinzu. Die Katze neben ihm wachte auf, hob den Kopf und legte ihn gelangweilt wieder auf ihren Pfoten ab. »Ihr schwört, dass ihr ihr kein Haar krümmt, auch wenn sie euch nicht gibt, was ihr von ihr haben wollt?«, fragte Dante mit zusammengekniffenen Augen.

»Patta«, sagte Minx.

Dante nickte zufrieden. »Nana, wie sie sich jetzt nennt, war in besonderen Umständen. Deshalb ist sie geflohen. Sie wollte vermeiden, dass ihr Kind wie ihr Vater wird. Gerade arbeitet sie auf den Feldern, wie alle.«

Bohdan begriff es einfach nicht. Die Frau war geflohen, um sich hier zu Tode zu schuften und früher oder später zu erblinden? Welche Zukunft erwartete ihr Kind denn hier? Er schüttelte innerlich den Kopf.

Minx ließ sich genau beschreiben, an welcher Stelle Nana arbeitete, dann stand sie auf. Bohdan blieb, um das wunde Bein genauer in Augenschein zu nehmen. Er schlug vor, in die Hütte zu gehen, und Dante nickte. Bohdan wollte ihm helfen, aber der alte Mann robbte schwer schnaufend unter dem dreckigen Stoff hindurch, welcher der Hütte als Türersatz diente. Drinnen war es weniger schmuddelig, als Bohdan sich vorgestellt hatte. Es war sogar recht ordentlich, wenn man vom naturbelassenen Boden absah.

»Mach's dir gemütlich«, scherzte der Alte, während er sich auf ein Fell hievte. Als er auf dem Rücken lag, drehte er den Kopf zu Bohdan. »Bist du wirklich ein Mushanti?«

Bohdan nickte. »Und wer bist du?«

»Ich bin hier der Dorfvorsteher«, sagte Dante. »Aber das wolltest du wahrscheinlich nicht wissen.«

Bohdan rückte näher und begann, das Hosenbein des Alten hochzukrempeln. Als er das Knie erreichte, keuchte Dante schmerzerfüllt und erzählte stockend: »Früher bin auch ich viel herumgereist. Ich habe die Vermächtnisse der alten Welt studiert und mich mit den Shedai-nai beschäftigt. Nicht so wie Nummer Acht, nur theoretisch. Aber so haben wir uns vor langer Zeit kennengelernt …«

Er sprach weiter, aber Bohdan hörte ihm nicht mehr zu. Er schloss die Augen und fühlte sich in den Körper ein. Die Wunde am Knie war entzündet, und die Infektion vergiftete den ganzen Leib des Alten. Bohdan murmelte die Worte, die ihm die Baronesse beigebracht hatte, dabei konzentrierte er sich auf das Herz des alten Mannes. Er reinigte das Blut von der Entzündung, und die pumpenden Herzkammern verteilten das frische Blut im Körper. Die Wunde selbst war nicht schlimm und leicht zu verschließen, dennoch hätte sie Dante ohne Bohdans Eingreifen langsam aber sicher getötet. Er kehrte in seinen eigenen Körper zurück und atmete den Tribut aus. Auch Dante atmete tief ein und aus.

»Du sagst, du hast dich mit den Shedai-nai beschäftigt«, meinte Bohdan leise. »Sprichst du ihre Sprache?«

Dante richtete sich auf und betastete sein Bein. »Das ist lange her«, grunzte er. Vorsichtig fuhr er mit der Hand über die Haut, die nun geheilt war. Er lächelte. »Du hast mich gerettet. Ich weiß nicht, wie ich dir danken soll.«

Bohdan machte eine wegwerfende Handbewegung. Schließlich hatte Dante seinen Teil des Deals bereits erfüllt. »Kannst du mir sagen, was *Khunthar* bedeutet?« Das war das Wort, das der Takushin Bohdan entgegengeschleudert hatte, ehe Minx ihn in das Höhlengefängnis zerrte.

»Hm«, machte Dante stirnrunzelnd. Er sah Bohdan an, der seinen Blick erwiderte.

»Sag schon«, bat Bohdan.

Dante zuckte mit den Achseln. Er war immer noch ein alter Mann, aber er wirkte bereits viel gesünder, und in seinen Augen lag ein lebendiges Funkeln. »Es ist eine Beleidigung. Wenn ich mich nicht täusche, bedeutete es so viel wie *ehrlose Person* oder auch *Mörder.*«

Bohdan nickte langsam.

Dante seufzte schwer, aufrichtiges Wohlwollen lag in seinem Blick. »Du verfügst über große Macht. Das macht es noch schwerer, den richtigen Weg zu finden.«

Und auf einmal brach es aus Bohdan heraus. Zum ersten Mal erzählte er seine Geschichte. Wie er von den Free People aufgebrochen war, von dem Wanderer, von seiner Zeit bei der Baronesse, vom Blinden Nathan und was er in Prak City erlebt hatte, von dem Kampf gegen die beiden Shedai-nai. Und er sprach von Danija. Dass er sie zurückgelassen hatte, wie schrecklich er sie vermisste und dass er trotzdem nicht zu ihr zurückkonnte.

Dante erwies sich als guter Zuhörer, und Bohdan wusste instinktiv, dass seine Geheimnisse bei ihm gut

aufgehoben waren. Als ihm die Worte ausgingen, war
keines seiner Probleme gelöst, aber sie waren ausgesprochen. Nun stellte er Fragen, und Dante antwortete
ehrlich und ausführlich. Durch seine Stellung als Dorf-
vorstand habe er ein wenig Einfluss, den er nutze,
um das Leben der Leute um ihn herum zumindest
ansatzweise erträglicher zu machen. Die hier ansässigen
Menschen stünden unter der harten Knute ihres Dons,
und oft verfluche er sich selbst, dass er diesem Schin-
der zuarbeite, aber er sehe keine andere Chance. Dante
war klug und weitsichtig, vor allem aber war er der
erste durch und durch gute Mensch, dem Bohdan
seit seinem Aufbruch von den Free People begegnet
war, mit Ausnahme von Jakub, der ihn in Prak City
aufgenommen hatte. Aber Jakub war ganz von Natur
aus gut und hilfsbereit gewesen, Dante war es auf
reflektierte Weise. Oft in seinem Leben hätte er sich
entscheiden können, einen anderen Pfad einzuschlagen,
aber er hatte es nicht getan. Die Unterhaltung war so
fesselnd und tat so gut, dass Bohdan nicht bemerkte,
wie die Stunden verstrichen. Erst als kein Licht mehr
von draußen in die Hütte drang und die Stimmen der
von der Arbeit heimkehrenden Männer und Frauen
zu hören waren, wunderte er sich. Minx hätte doch
längst zurück sein müssen.

Dante bot Bohdan an, die Nacht in seiner Hütte zu
verbringen. In der Dämmerung aßen sie gemeinsam
draußen, wo Kessel über Feuerstellen erhitzt wurden.
Dante schenkte seinen Leuten Rat und Trost, und als

er erzählte, dass Bohdan ihn verarztet habe, klopften Bohdan einige Männer auf den Rücken, Frauen lächelten ihn dankbar an. Nach dem Essen zogen sich alle rasch in ihre Hütten zurück. Sie brauchten ausreichend Schlaf, um am nächsten Tag nicht die Peitsche zu spüren zu bekommen, wie Dante ihm flüsternd erklärte.

Bohdan lag in seinen Mantel gehüllt auf dem Boden. Eine Weile hörte er noch Kinder spielen, dann war es still in Bitman Suo.

Bohdan wälzte sich von einer Seite auf die andere, aber er fand einfach keinen Schlaf, und das lag nicht am harten Boden. Das Gespräch mit Dante, der neben ihm schnarchte, hatte gutgetan, doch es hatte auch Fragen aufgeworfen. Ihm fiel das Buch ein, das er in Lace Town von dem Hehler Nak erhalten hatte. Bis jetzt hatte er noch keinen Blick hineingeworfen. In der Satteltasche seines Motorrads befand sich eine Taschenlampe. Eine Ablenkung würde die düsteren Gedanken sicher vertreiben. Außerdem, dachte er, war es keine schlechte Idee nachzusehen, ob die Maschine so sicher war, wie Dante behauptet hatte. Nicht, dass Bohdan ihm misstraut hätte, aber so groß das Ansehen der Dorfvorstehers auch war, es gab immer schwarze Schafe in der Herde. Leise stand er auf und stahl sich aus der Hütte.

Er schlich durch das schlafende Dorf. Im Mondschein wirkte das Motorrad wie ein Tier mit Hörnern. Die Satteltaschen waren nicht angerührt worden. Nach kurzem Kramen fand er, wonach er gesucht hatte. Das Buch unter den Arm geklemmt, die Taschenlampe im Mund, schnürte er die Satteltasche zu. In diesem Augenblick bemerkte er etwas. Es war, als hörte er Stimmen, aber er war sich sicher, dass sie nicht auf physische Weise an sein Ohr drangen. Eine mentale Wahrnehmung.

Er legte das Buch auf dem Sattel ab, die Taschenlampe ließ er in eine tiefe Manteltasche fallen. Er lauschte angestrengt, mit seinen Ohren, aber auch mit jenem anderen Sinn. Nun vernahm er es deutlicher: Frauenstimmen, die sangen. Er folgten ihnen vorbei an Hütten und erkalteten Feuerstellen. Als er den Dorfrand erreicht hatte, wurde ihm klar, woher die Stimmen kamen. Sie kamen aus dem Wald.

Die Erkenntnis rührte ihn wie einen Donnerschlag. Er war stehen geblieben, und sein Blick folgte einem Trampelpfad, der durch hohes Gras in Richtung der Bäume führte. Bohdan schauderte. Sollte er dem Pfad folgen? Er hatte keine Waffen bei sich. Der Revolver war in der Satteltasche verstaut. Aber seine Neugier war stärker als jede Vorsicht. In geduckter Haltung pirschte er los. Zur Sicherheit bereitete er einen Zauber vor. Seine Mushanti-Kräfte waren ohnehin seine stärkste Waffe.

Je näher er dem Wald kam, umso höher erschienen ihm die Bäume, die er nun einzeln ausmachen konnte. Es waren alte knorrige Stämme. Sie standen so dicht, und ihre Kronen bildeten ein Dach, durch das das Mond- und Sternenlicht kaum hindurchdrang. Bohdan gruselte sich vor der Dunkelheit des Waldes, der ihm wie ein einziges, uraltes und mächtiges Wesen vorkam. Der Pfad verlor sich, aber Bohdan ging weiter. Er machte die letzten Schritte querfeldein unter freiem Himmel, dann betrat er ohne innezuhalten das Unterholz.

Es war, als hätte ihn ein riesiges Untier verschluckt. Die Luft im Wald war feuchter, die Geräusche seiner Schritte dumpf und der Gesang, der ihn angelockt hatte, unwirklich. Er hatte keine Erfahrung darin, sich in diesem Gelände lautlos zu bewegen. Ein Stock knackte unter seinen Füßen, und er sprach leise ein Wort der Macht, einen Unternamen für *Verborgenheit*. Der Zauber wirkte sofort, und der Tribut fiel unge- wöhnlich schwach aus. Der Mantel, den er trug und der ihm fast wie eine zweite Haut vorkam, verstärkte seine Kräfte, aber auch der Wald trug das Seine dazu bei. Offensichtlich war es hier leichter, Magie zu wirken. Lautlos, mit dem Gefühl zu schweben, hielt er auf den Gesang zu, in dem er bereits einzelne, fremde Worte ausmachen konnte.

Eine dichte Nebeldecke lag auf dem Boden, und Bohdan sah nicht länger, worauf er trat. Vor ihm schälten sich Flammen von Fackeln aus der Dunkel- heit. Noch vorsichtiger schritt er vorwärts, bis hin zu einem Baum mit besonders breitem Stamm. Er ging in die Hocke und spähte an dem knorrigen Stamm vorbei auf eine Lichtung. Seine Augen weiteten sich. In den Boden gerammte Fackeln bildeten einen Kreis, darin tanzten nackte Frauen. Ihr Tanz war wild, und dennoch bewegten sich die Körper anmutig. Jetzt verbeugte sich eine Frau tief vor einer Schale, schnitt sich mit einem krummen Messer in die Hand und ließ das Blut hineintropfen. Laut rief sie ein Wort – nein, kein Wort, einen Namen. Einen Namen, den er schon zuvor aus dem Gesang herausgehört hatte: »Naaaa-ooo-mihhh!«

Eine Energiewelle brandete gegen Bohdan, als der Ruf von den anderen wiederholt wurde. Bohdan stützte sich am Stamm ab. Der Tanz wurde noch frenetischer, und er begriff, dass die Frauen einer Gottheit huldigten. Er spürte, wie etwas an ihm zog. Ein Sog, der seinen Beinen befehlen wollte, auf die Lichtung zu treten und sich dem Reigen anzuschließen. Er schüttelte den Kopf, aber der Sog wurde stärker. Bohdan besann sich auf das wenige, das Minx ihm über die Abwehr von Magie beigebracht hatte, und mit einer konzentrierten Bewegung drängte er die Kraft, die nach ihm griff, zurück.

Eine weitere Frau fügte sich einen Schnitt zu und ließ ihr Blut in die Schale quellen. Bohdan erkannte sie. Er hatte sie am Vormittag auf den Feldern arbeiten sehen. Ob Dante von diesem Kult wusste? Bestimmt. Noch einmal musste er sich dagegen wehren, aus seiner Deckung gezogen zu werden, sich die Kleider vom Leib zu reißen und sich der Anrufung anzuschließen. Es gelang ihm, und er bot seine Willenskraft auf, um sich abzuwenden. Er hatte genug gesehen.

Der Rückweg erschien ihm wesentlich kürzer. Fast bedauerte er es, als er aus der Umarmung des Waldes hinaustrat. Er fand den Pfad wieder, wanderte zurück zum Dorf, nahm das Buch vom Sattel des Motorrads und kehrte in Dantes Hütte zurück. Dort angekommen verspürte er allerdings keine Lust mehr zu lesen. Plötzlich war er todmüde. Er schlief ein und träumte. Von nackten Leibern, die im Mond- und Fackelschein tanzten, und von einem mächtigen Namen, der bedeutungsvoll in seinem Unbewussten nachhallte: *Naomi*.

***

»Wach auf«, sagte eine freundliche Stimme, und Bohdan spürte ein sanftes Rütteln an seiner Schulter. Er schlug die Augen auf und blickte in das faltige Gesicht von Dante. Wieso weckte der alte Mann ihn? Er war noch so müde.

Dante wartete, bis Bohdan sich aufsetzte und die Schlaftrunkenheit aus seinen geröteten Augen wich, dann erklärte er mit leiser Stimme: »Vor der Hütte warten zwei Aufseher. Der Don hat sie geschickt, er will dich sprechen.«

Bohdan gähnte. »Weißt du warum?«

Dante schüttelte nachdenklich den Kopf. »Ich weiß nur, dass Nummer Acht auch bei ihm ist. Mehr konnte ich nicht in Erfahrung bringen.«

Bohdan stöhnte und stand auf. Er dankte dem Alten für seine Gastfreundschaft und verließ die Hütte. Die beiden bewaffneten Aufseher grüßten ihn höflich, aber streng. Er sollte ihnen unverzüglich nach New Town folgen. Bohdan bestieg sein Motorrad und folgte den Männern, die auf Pferden vorausritten. Sie folgten einer Straße aus gestampfter Erde. Auf der einen Seite erstreckten sich die weiten Felder, auf denen schon wieder gearbeitet wurde, auf der anderen plätscherte der Bach. Frauen, die zum Wasserholen die Straße überqueren mussten, blieben stehen, als sie die drei bemerkten, und warteten mit gesenkten Köpfen, bis sie vorüber waren.

New Town, das erkannte Bohdan bereits von weitem, unterschied sich in jeder Hinsicht von Paix und Bitman Suo. Steinhäuser dominierten, und ein hoher Wall umgab den Kern des Dorfes. Vor dem Wall befand sich ein Graben, in dem angespitzte Pfähle steckten, sodass Bohdan kurz den Eindruck hatte, er nähere sich dem Unterkiefer eines übergroßen Ungeheuers. Vor dem Graben hielten sie an. Definitiv hatte man sie kommen sehen, dennoch ließ man sie kurz warten, ehe quietschend eine Zugbrücke heruntergelassen wurde. Bohdan unterdrückte ein Schaudern, als er das Motorrad über die zusammengeschweißten Stahlplatten rollen ließ.

Im Inneren wurden sie von weiteren Männern mit blauen Umhängen in Empfang genommen. Bohdan wurde angewiesen, sein Motorrad in der Nähe einer Pferdetränke abzustellen, daraufhin folgte er der Eskorte. Ihm fiel eine parkende schwarze Limousine auf. Trotz der vielen Wohnhäuser erschien New Town mehr als eine Festung. Abgesehen von einigen Frauen war jeder bewaffnet. Auf der Brustwehr der Mauer gingen Patrouillen auf und ab. Diejenigen mit den blauen Umhängen trugen neben Pistolen und Gewehren Säbel an den Hüften. Sie führten Bohdan zu einem villenartigen Gebäude, dessen breites, spitz zulaufendes Vordach von weißen Säulen getragen wurde.

Bohdan machte Minx an einem runden Tisch aus, an dem sie völlig deplatziert wirkte. Sie hatte einen Kuchenteller vor sich und ein Tasse mit winzigem Henkel. Neben ihr saß ein stattlicher Mann, und Bohdan begriff sofort, dass es sich um Don Festa handeln musste. Er trug eine dunkelblaue Uniform mit goldenen Knöpfen und hatte ein ernstes, befehlsgewohntes Gesicht, das von einem akkurat rasierten Backenbart eingerahmt wurde. Neugieriger als der Don machte Bohdan allerdings die Anwesenheit zweier anderer Personen. Die eine, in schwarzem Frack, trug einen hohen Zylinder auf dem Kopf, die andere … war Alba von den Fanta!

Langsam stieg Bohdan die Stufen zu der Veranda hinauf. Der Don erhob sich und kam ihm in gebieterischen Schritten das letzte Stück zum Tisch entgegen.

»Ich bin Don Festa«, stellte er sich mit tiefer Stimme vor.

Bohdan hatte keine Ahnung, wie man sich einem Don gegenüber verhielt. Er machte eine ungeschickte Verbeugung und folgte dem Mann auf eine Geste hin an den Tisch, wo er sich auf einem freien Stuhl niederließ. Minx stellte eine gleichmütige Miene zur Schau, aber Bohdan entging nicht, dass sie ihre Lippen fest aufeinander presste.

»Keine Sorge«, wandte sich Alba an Bohdan, »wir haben bereits alles geklärt. Der Schwarze Reiter« – ihre Augen huschten einen kurzen Moment zu Minx – »hat uns berichtet, was ihr getan habt. Prak City steht nun doppelt in eurer Schuld. Die ganzen Ödlande stehen in eurer Schuld.«

Bohdan blinzelte.

Alba lächelte und fuhr fort: »Der Rat hat uns ausgeschickt, euch ihm vorzuführen, aber das ist jetzt nicht mehr nötig. Ihr seid frei und jederzeit in Prak willkommen.«

»Auch wir haben zu einer Einigung gefunden«, sagte Don Festa, und als wäre damit alles geklärt, wandte er sich an Alba. Die beiden verhandelten. Soweit Bohdan verstand, ging es um eine Einfuhrkontrolle der Fuschu-Blüten. Offenbar hatte der Rat die Absicht, den Verkauf der Droge zu kontrollieren, wofür der Don im Gegenzug einen höheren Preis erwirken wollte. Als sie sich einig geworden waren, wechselte das Gespräch zu weniger verfänglichen Themen. Es ging um die Abschottung der Seuchengebiete und um diplomatische Beziehungen zwischen anderen Dörfern und Siedlungen. Die Rede kam auf Gundaban, einer westlich von Kladice gelegenen Minenstadt. Dort war Gerüchten zufolge etwas gefunden worden, an dem Zappa Interesse zeigte.

Minx verhielt sich die ganze Zeit über zurückhaltend und antwortete nur, wenn sie direkt etwas gefragt wurde. Bohdan war klar, dass sie nur der Etikette wegen sitzenblieb. Sie hatte ihm ja verraten, dass sie gesellschaftliche Anlässe hasste. Ganz im Gegensatz zu Alba, die wie ein Fisch in seinem Element gekonnt schmeichelte, provozierte oder umgarnte. In Don Festa hatte sie allerdings einen Ebenbürtigen gefunden. Er spielte dieses Spiel nicht mit Leidenschaft wie sie, aber er durchschaute es, ließ sich nicht von ihrem Lächeln bezaubern, sondern blieb fest und streng. Als es endlich endete, glaubte Bohdan zu sehen, dass auch Zappa erleichtert war. Auf seine Einladung hin folgte Bohdan ihm und Alba zur Limousine.

»Ich hoffe, du kommst uns bald besuchen«, sagte der Mushanti freundlich, während sie durch die Festung schlenderten.

»Ich werde versuchen, es einzurichten«, erwiderte Bohdan vorsichtig.

»Auch Danija würde sich sehr freuen, dich wiederzusehen«, sagte Zappa, und Bohdan fühlte einen Stich in seinem Herzen. Er hatte gehofft, dass Zappa das sagen würde, und zugleich hatte er sich davor gefürchtet.

Aus der Limousine stiegen Leibwächter und hielten Zappa und Alba die Tür auf. Sie verabschiedeten sich von Bohdan, und er sah dem schwarzen Wagen nach, wie er über die Zugbrücke davonfuhr. Die Brücke wurde hochgezogen, aber Bohdan blieb noch einen Augenblick gedankenverloren stehen, dann wandte er sich ab und machte sich auf den Rückweg zur Villa.

Plötzlich waren Schreie zu hören. Bohdan sah einen Mann und eine Frau in Lumpen, die von Aufsehern mit ihren blauen Mänteln auf einen runden, kopfsteingepflasterten Platz gezerrt wurden. Auf dem Platz stand ein hölzernes Gerüst, von einem Querbalken hing eine Schlinge herab. Bohdan entschied, dass es besser wäre, er würde nicht sehen, was hier gleich geschehen würde, und wollte weitergehen, aber da kamen ihm der Don und Minx, flankiert von weiteren Blaumänteln, entgegen.

»Auf frischer Tat überführte Diebe«, erklärte der Don knapp. »Bleibt noch ein wenig und seht euch an, was in meinem Hoheitsgebiet mit Verbrechern geschieht.«

Es war keine Einladung, sondern ein Befehl, wenn auch höflich geäußert. Bohdan ahnte, dass diese Vorstellung inszeniert war. Der Don, der nun auf einem rasch aufgestellten Ehrenplatz unter einem Pavillon Platz nahm, wollte ihnen anschaulich demonstrieren, dass man sich besser nicht mit ihm anlegte.

Ein Horn wurde geblasen, woraufhin sich erstaunlich viele Menschen auf dem Platz einfanden. Jetzt waren neben den Bewaffneten auch viele Unbewaffnete zu sehen. Befremdlicherweise schienen sie sich auf das bevorstehende Spektakel zu freuen, als handelte es sich um eine willkommene Abwechslung vom eintönigen Alltag. In Bohdan stieg Wut und Verachtung auf. Der Frau wurden die Kleider vom Leib gerissen, und zwei der Blaumäntel banden sie an einem Pflock fest. Ihr Mann wurde zu dem Galgen geführt. Offensichtlich sollte er zusehen, was mit seiner Frau geschah, ehe er erhängt wurde. Ihm wurde eine Schlinge um den Hals gelegt, während ein Aufseher eine Peitsche vom Gürtel löste. Die Peitsche traf mit einem lauten Knall auf den Rücken der Frau, die nicht ihre Unschuld beteuerte, aber um Gnade flehte.

Bohdan spürte den Blick des Dons auf sich, deshalb verzog er keinen Gesichtsmuskel, als die Peitsche wieder und wieder niederging und der armen Frau Haut und Fleisch vom Rücken riss.

»Wie hast du dich mit dem Don geeinigt?«, fragte Bohdan Minx in bemüht gleichmütigem Tonfall, ohne die Augen von der zur Schau gestellten Grausamkeit abzuwenden.

»Die Karte, die Quaka zurückhaben möchte, führt vermutlich zu einem seltenen Eisenvorkommen«, erklärte Minx. »Der Don verfügt nun über eine Kopie. Das bedeutet, wir können unseren Auftrag abschließen, und dann wird sich zeigen, ob Don Festa oder Quaka schneller zum Ziel findet und wer von den beiden das Land für sich in Anspruch nimmt. – So oder so«, fügte sie hinzu, »wir sind aus dem Schneider.«

Nun zuckte Bohdan doch zusammen, als die Peitsche Blut spritzen ließ. Die Frau jammerte nicht mehr, nur ihr Ehemann schluchzte, nacktes Entsetzen auf seiner Miene. Jetzt wurde die Schlinge um seinen Hals straff gezogen, eine Fallklappe öffnete sich unter ihm, und er fiel ein kleines Stück. Er röchelte, sein Körper zuckte im Todeskampf. Bohdans Augen verengten sich zu Schlitzen. Er prägte sich die Blaumäntel genau ein, die an der Exekution beteiligt waren.

»Reiß dich zusammen«, sagte Minx ganz ruhig, sie lächelte sogar. »In den Ödlanden ist kein Platz für Mitgefühl oder Sanftmut.«

Bohdan zwang sich ebenfalls zu einem Lächeln, das einzig und allein für den Don bestimmt war. Eines Tages, schwor er sich, würde er nach New Town zurückkehren, und er würde weder Mitgefühl noch Sanftmut im Herzen tragen.

KAPITEL V

Zu Bohdans großem Missfallen blieb die Angelegenheit mit Quakas Karte nicht das letzte Geschäft, das sie mit Don Festa abschlossen. Minx war nicht wählerisch, wenn es um Aufträge ging, solange der Preis stimmte. Gemeinsam durchstreiften sie die Ödlande, von einem Auftrag zum nächsten. Sie erlebten zahlreiche Abenteuer, und ›Bohdan der Diplomat‹ wurde zu einer Legende, über den man sich nachts an den Feuern Geschichten erzählte, wie man sich Geschichten über den Schwarzen Reiter, den Nachtschatten, den Wanderer und den Letzten Richter erzählte.

Eine Regenzeit verbrachten sie bei der Brigada Novy, wo sie willkommene Gäste waren. Bohdan las die Bibel, aber er fand rasch spannendere Bücher in den großen, wenn auch unsortierten Fundi der extravaganten Novyisten. Die darauffolgende Regenzeit suchten sie bei Cem in Lace Town Unterschlupf. Sie hatten genug Quins angehäuft, um sich den Luxus zu leisten, dieses Mal zwei Camper zu mieten. Die dritte Regenzeit kamen sie in einem außerhalb von Kladice gelegenen Motel unter. Kladice war eine Oase mitten in der Wüste. Durch die unerschöpflichen Wasservorkommen, die aus großen Brunnen geschöpft wurden, hatte es die Siedlung zu einigem Reichtum gebracht. Es gab ein Hurenhaus und andere Möglichkeiten der Ausschweifung, was diese dritte Regenzeit für Bohdan zur gefühlt kürzesten machte.

Bei ihren Reisen mieden sie lediglich Stone Town, und wenn Minx nach Prak City ging, machten sie einen Treffpunkt außerhalb aus. Bohdan weigerte sich strikt, die große Stadt zu betreten. Mittlerweile war ihm bewusst geworden, warum. Seine Träume ließen keinen Spielraum für Interpretationen zu. Er hatte mit Danija ein Kind gezeugt, und er war ehrlich genug zu sich selbst, um sich einzugestehen, dass er die Verantwortung scheute. In einem besonders intensiven Traum, dem einzigen, der ihm mehr als die Wirklichkeit zeigte, hatte er das Kind in den Armen gehalten. Es war ein Junge. Kurz hatte er sich gefreut, doch dann war das Kind seinem Griff entglitten und einen schwarzen Abgrund hinuntergefallen. Vielleicht war der Traum eine Warnung gewesen, Bohdan wollte glauben, dass es sich so verhielt. Dennoch wuchs mit jeder Regenzeit sein Schuldgefühl, aber er brachte es nicht über sich, Danija und seinem Sohn einen Besuch abzustatten.

Minx respektierte seine Weigerung, sie nach Prak zu begleiten. Wenn sie mehr wusste als das, was er aus seinen Träumen schloss, erzählte sie ihm nichts davon. Und Bohdan fragte nicht nach. Nach dem Aufwachen quälte ihn allerdings nicht nur das Schuldgefühl, dass sein Sohn ohne ihn aufwuchs, er träumte auch regelmäßig von den Shedai-nai. Von jenen Shedai-nai, die Minx in das geheime Gefängnis im Canyon gesperrt hatte. Diese Träume waren anders als die von seinem Sohn – er konnte nicht mit Sicherheit sagen, was seine Fantasie hinzudichtete. Oft durchlebte er die Szene wieder, in welcher der geschlagene Takushin ihn anklagend einen Mörder nannte.

Bei Bohdans schlechtem Schlaf war es ein Segen, dass er und Minx jeden Morgen mit demselben Ritual begannen. Zuerst übten sie sich in Antimagie. Irgendwann würden wieder Sheds in die Ödlande kommen, und sie wollten auf diesen Tag vorbereitet sein. Niemand sonst war in der Lage, sie zu besiegen. Bohdans Gewinn aus den Übungen war wesentlich größer, aber auch Minx verfeinerte ihre Technik, nun, da sie jemanden hatte, der über Mushanti-Kräfte verfügte und ihr zugleich wohlgesonnen war. Nach dem mentalen Training brachte sie Bohdan das Kämpfen bei. Meistens zeigte sie ihm waffenlose Bewegungsabläufe, Tritte, Schläge und Griffe. Je besser Bohdan wurde, umso schneller und ernsthafter wurden ihre Übungen. Bohdan bewunderte Minx für ihre geschmeidigen Bewegungen und dafür, dass sie immer einen Ausweg kannte. Wenn er dachte, jetzt habe er sie, wandte sie einen neuen Kniff an und gewann die Oberhand zurück. Wenn sie nach den waffenlosen Übungen noch Zeit hatten, nahmen sie die Macheten oder Dolche zur Hand, und Minx erteilte ihm Lektionen im Klingenkampf. Wie immer lernte Bohdan rasch, auch wenn die Übungen ihm zunächst vor allem beim Verdrängen seiner Träume half.

Am Ende der dritten Regenzeit lag Bohdan schwitzend auf dem Rücken. Sein Blick glitt über die nackte Haut von Minx und der Gespielin, die sie die dritte Nacht in Folge zu sich ins Bett geholt hatten. Sie bezahlten die schöne Usha für ihre Dienste, aber es herrschte auch eine gewisse gegenseitige Sympathie. Bohdan fuhr mit der Hand über sein stoppeliges Kinn. Trotz seiner Träume, trotz all der Aufträge und Abenteuer, die hinter ihnen lagen, erschien ihm die vergangene Zeit ruhig und gleichförmig. Jetzt kamen verschiedene Ereignisse zusammen, und Bohdan ahnte, dass Veränderung in der Luft lag.

Es hatte mehrere Überfälle auf Frachtschiffe, die Prak City zum Ziel hatten, stattgefunden. Als Folge ergab sich ein Mangel an Patronen und Benzin. Die Preise für Treibstoff und Munition waren rasch in die Höhe geschnellt. Gleichzeitig hatten Mutanten die Seuchengebiete verlassen und nahegelegene Siedlungen angegriffen. Niemand kannte den Grund dafür. Zuerst hatte Minx sich darüber gefreut, es gab jede Menge Jagdaufträge. Aber dann war ein drittes Ereignis hinzugekommen, das sie unmittelbar betraf. Jemand hatte die Brunnen in Kladice vergiftet. Einige waren gestorben, viele waren krank geworden. Obwohl in Kladice Wasser nie einen Mangel darstellte, hatte Minx Vorräte angelegt, von denen sie zehrten. Die Einwohner hingegen wussten sich nicht anders zu helfen, als sich an alkoholischen Getränke zu halten. Bereits zum Frühstück wurden Bier, Wein, oder gar Schnaps konsumiert, um einer Dehydrierung vorzubeugen. Folglich war die ganze kleine Stadt von Morgens bis Abends betrunken, was zu Übergriffen, Prügeleien und Akten von Vandalismus führte. Die Vermutung lag nahe, dass Klantovy, der ewig neidische und von Kladice abhängige Nachbar hinter der Vergiftung der Brunnen steckte. Es ging das Gerücht um, ein Händler habe eine sichere Route durch die Wüste zum großen Fluss im Osten erschlossen. Dafür sprach deutlich ein Angebot von Klantovy, man könne Kladice mit Wasser versorgen – allerdings zu einem unverschämt hohen Preis.

Der dreiköpfige Stadtrat hatte Minx und Bohdan den Auftrag erteilt, herauszufinden, wer für die Vergiftung der Brunnen verantwortlich war, und ein Gegenmittel aufzutreiben. Selbstverständlich waren sie nicht die einzigen, die diesen Auftrag erhalten hatten, aber ebenso sicher war sich Bohdan darin, dass sie diejenigen sein würden, die ihn erfolgreich abschlossen. Sobald Minx ausgeschlafen hatte, würden sie sich auf den Weg machen.

Khunthar!, hörte er über die Zeiten hinweg die Anklage des Takushin. Er hatte ihn einen Mörder genannt, und Bohdan hatte seither viele Männer getötet, aber nur, wenn sie ihn dazu gezwungen hatten, und keiner von ihnen war unschuldig gewesen. Darin bestand der Unterschied. Sie hatten die Shedai-nai damals hinterlistig überfallen, ohne dass Bohdan eine genaue Vorstellung davon besessen hatte, was sie vorhatten. Er betrachtete Minx, deren Kopf auf der Seite lag. Sie atmete ruhig und gleichmäßig. Offenbar spürte sie seinen Blick. Ihre Augen öffneten sich, und sie schenkte Bohdan ein Lächeln. Behutsam nahm sie Ushas Arm von ihrer Brust und legte ihn auf dem Laken ab. Sie setzte sich auf. »Wollen wir?«

Bohdan nickte.

***

Klantovy, das mit seinen weiß getünchten Häusern aus der braun-gelben Einöde herausstach, bereitete sich offensichtlich auf Auseinandersetzungen mit dem alten, normalerweise wohlhabenderen Rivalen Kladice vor. Eine neu angelegte Palisade umgab die kleine Stadt. Ihr vorgelagert waren aus Sandsäcken Nester eingerichtet, in deren Schutz Männer mit Gewehren Wache hielten. Es war allein Minx' Bekanntheit und einem manipulativen, mentalen Nachhelfen seitens Bohdans geschuldet, dass den beiden gestattet wurde, die abgeriegelte Stadt zu betreten. Ihre Motorräder mussten sie allerdings vor der Palisade zurücklassen.

Sie waren mittlerweile routiniert bei solchen Aufträgen. Ohne dass es einer Absprache bedurft hätte, suchten sie den höchsten Punkt der Stadt auf. Es handelte sich um den Turm eines frei zugänglichen

Gebäudes. In alter Zeit hatte es vermutlich als Tempel gedient, dann war es dem Stroh, den Gattern und dem Gestank nach als Viehstall benutzt worden. Jetzt stand es leer. Wind zog durch Ritzen des alten Gemäuers. Wahrscheinlich hatte man es aufgegeben, weil es einsturzgefährdet war. Minx prüfte die Leiter, die hoch in den Turm führte, und gab Bohdan mit einem Nicken zu verstehen, dass die Sprossen sein Gewicht tragen würden. Er stieg hoch und setzte sich vorsichtig auf einen Sims. Ein durchgeschnittenes Tau, das über ihm baumelte, sprach dafür, dass der enge Raum, in dem es sich nun auch Minx gemütlich machte, einmal eine Glocke beherbergt hatte. Bestimmt hatte man sie eingeschmolzen. Metall war kostbar.

Bohdan entspannte sich. Als er eine tiefe Ruhe in sich gefunden hatte, öffnete er seinen Geist. Er lenkte seine Wahrnehmung auf die Stadt unter sich, genauer auf die Menschen, die in ihr lebten. Er suchte nach einer Auffälligkeit. Es war ein ähnliches Vorgehen wie beim physischen Schauen. Die Auren waren zu zahlreich, um sie einzeln zu betrachten, es bedurfte der Intuition eines Hirten, der das Fehlen eines Tieres in seiner Herde bemerkte, ohne dass er jedes einzelne Exemplar in Augenschein nehmen musste. Anders ausgedrückt – Bohdan verband seine Aurensicht mit einem Suchzauber. Es dauerte nicht lange, und er fand ein Individuum, das sich von den anderen abhob. Die junge Aura der sich sich auf eine Straßenbiegung zu bewegenden Person war nicht besonders hell oder anderweitig auffällig. Im Gegenteil, sie war besonders unscheinbar. Das konnte nur eines bedeuten … Rasch entließ Bohdan die Person aus seinem Fokus, damit sie keinen Verdacht schöpfte.

»Ich hab etwas«, sagte er. Rasch gab er Minx eine knappe Beschreibung des Ortes und der Geschwindigkeit, mit der sich die Person bewegte. »Sei vorsichtig«, gab er Minx noch mit auf den Weg, »unser Ziel verfügt über Mushanti-Kräfte.«

Minx rutschte die Leiter hinab. Bohdan hörte ihre rennenden Schritte und folgte nach. Als er sie einholte, hatte sie ihr Zielobjekt bereits gestellt. Minx, die jede Stadt in den Ödlanden wie ihre Westentasche kannte, hatte den jungen Mann in eine Sackgasse getrieben. Er stand mit dem Rücken zur hohen, fensterlosen Wand eines mehrstöckigen Hauses. Seine dunkle Haut stand in scharfem Kontrast zu seiner hellen Leinenkleidung und zu der weiß getünchten Rückseite der Wand hinter ihm. Er funkelte Minx und Bohdan nervös an und zog ein Messer.

»Wir wollen nur mit dir reden«, sagte Bohdan, aber noch während er sprach, attackierte der junge Mann ihn auf geistiger Ebene. Es war ein schwacher Zauber, und Bohdan ließ ihn mühelos abprallen. Instinktiv konterte er mit einem mentalen Schlag, der den Jungen mit schmerzverzerrtem Gesicht in die Knie zwang.

»Du bist mächtig geworden«, lobte Minx und ging mit einem Raubtiergrinsen auf den Jungen zu.

Ja, er war mächtig geworden, dachte Bohdan. Er hatte das Zaubern und die Tributbewältigung verinnerlicht. Oft fiel ihm kaum auf, dass er Magie wirkte. Wie stark er wirklich geworden war, wusste er allerdings selbst nicht. Seit der Nacht des Schreckens und dem Kampf gegen den Golem hatte er seine Kräfte niemals wieder völlig ausgeschöpft.

Minx verpasste dem jungen Mann einen Tritt ins Gesicht. Er stürzte, hielt das Messer aber fest. Er fuchtelte mit der kleinen Klinge, während Minx langsam und unaufhaltsam auf ihn zukam.

Bohdan eilte an ihre Seite und hielt sie zurück. »Keine unnötige Gewalt«, flüsterte er ihr zu. Er ging in die Hocke und wandte sich an den jungen Mann: »Tsch, tsch, wer bist du?«

»Fick dein Gesicht!«, zischte der junge Mann. »Ich werde niemanden verraten!«

»Oh doch, das wirst du«, warf Minx drohend ein.

»Sei kein Baichi«, sagte Bohdan ruhig, »leg das Messer weg, und wir unterhalten uns ganz vernünftig.« Er wollte den Jungen nicht verletzten, und erst recht wollte er vermeiden, dass Minx ihn sich vornahm. Etwas war sonderbar an ihm, und plötzlich wurde es Bohdan klar. Der Junge war kein ausgebildeter Mushanti. Die schwach ausgeprägten Kräfte waren ihm angeboren, er war ein Shedai-nai-Halbblut. Wie Danija.

Unerwartet sprang der junge Mann auf Bohdan zu. Das Messer zielte auf Bohdans Brust. Es war ein schneller Angriff, aber nicht schnell genug. Minx hieb ihm den Ellbogen gegen die Schläfe und der Junge ging erneut hart zu Boden. Er hob schützend den Arm vor sich, doch Minx riss ihm das Messer aus der Hand und stach es in seinen Unterschenkel, dann packte sie ihn an der Kehle und drückte ihn gegen die Wand.

»Pass auf, dass niemand uns stört«, wies Minx Bohdan über die Schulter hinweg an.

Einen Augenblick verharrte Bohdan, ehe er gehorchte. Er ging ans Ende der Gasse, um Schmiere zu stehen. Ein Keuchen und dann ein Wimmern. Er drehte sich um. Minx presste dem Halbblut eine Hand auf den Mund, um die Schmerzenslaute zu unterdrücken, während sie ihn mit der anderen mit seinem eigenen Messer bearbeitete. Als sie die Hand von seinem Mund nahm, sprudelte das Geständnis aus ihm heraus. Aber nachdem er Minx alles gesagt hatte, was er wusste, hörte sie nicht auf, sie machte weiter. Es war nicht das erste Verhör dieser Art, das Bohdan miterlebte, aber dieses Mal war es anders. Er dachte an Danija, und er hörte den Vorwurf des Takushin in seinem Kopf: *Khunthar! Khunthar! Mörder! Mörder! Mörder!*

Etwas geschah mit Bohdan, es war mehr eine Wandlung als eine Entscheidung. Ein Umbruch, der sich lange vorbereitet hatte, der in ihm gegoren hatte und der sich nun überraschend und heftig vollzog. Aber dieses neue Gefühl war so frisch, dass er sich wie fremdgesteuert fühlte, als er zurück in die Gasse ging.

Minx, die den Jungen bereits übel zugerichtet hatte, würde nicht mit sich verhandeln lassen, sie war, wie sie war, und Bohdan hatte sich die längste Zeit ihrem Wesen untergeordnet. Wie von allein formten seine Lippen die arkanen Laute. Der Zauber verließ ihn und traf Minx völlig unvorbereitet. Hätte sie mit einem Angriff gerechnet, hätte sie ihn wahrscheinlich parieren können, so jedoch drang die Magie fast ohne Widerstand in ihren Geist ein. Ohnmächtig sackte sie in sich zusammen.

Das Messer fiel zu Boden, und der junge Mann glitt, eine Blutspur hinterlassend, die Wand hinunter. Er keuchte. Bohdan ließ sich auf ein Knie nieder und fasste das Halbblut an den Schultern. Seine Wunden waren tief, und noch während Bohdan seine Kräfte für einen Heilzauber sammeln konnte, wurden die Augen des jungen Mannes trüb und das Lebenslicht in ihnen erlosch. Bohdan ließ den leblosen Körper los. Aus der Nähe hatte das Halbblut kaum etwas mit Danija gemein. Er hatte etwas mit der Vergiftung der Brunnen zu tun gehabt, er hatte Unschuldige auf dem Gewissen und den Tod verdient. Aber keine Folter. Niemand hatte es verdient, gefoltert zu werden, und Bohdan war sich sicher, dass er imstande gewesen wäre, ihm die Informationen auf anderem Wege zu entlocken.

Bohdan stand auf und machte zwei Schritte rückwärts. Er betrachtete die Szene. Die ohnmächtige Minx, der tote junge Mann, das Blut an der Wand, das Messer, das ihn getötet hatte. Minx würde in

Schwierigkeiten geraten, und das würde sie aufhalten. Bohdan wandte sich ab und verließ die Gasse. Er zwang sich, nicht zu rennen, dennoch befand er sich auf der Flucht. Natürlich hätte er Minx töten sollen, und vielleicht würde es eines Tages dazu kommen, wenn sie ihn zwang. Aber nicht so.

Schnurstracks ging er zu den vor der Stadt parkenden Motorrädern. Er lud einige Dinge aus Minx' Satteltaschen in seine. Die Wachen am Tor und die Männer hinter den Sandsäcken interessierten sich nicht für ihn. Sie kümmerten sich nur um jene, die nach Klantovy hineinwollten, nicht für jene, welche die Stadt verließen. Er ging in die Hocke und knipste mit einer Zange verschiedene Kabel an Minx' Motorrad durch. Schaudernd stellte er sich vor, wie wütend sie werden würde. Er schüttelte sich und schwang sich auf den Sitz seiner Maschine. Nun war er auf sich gestellt. Die Freiheit schmeckte furchteinflößend und süß zugleich. Er gab Gas und ließ Klantovy und Minx hinter sich. Er wusste, was er zu tun hatte.

Er war kein Khunthar. Jetzt nicht mehr.

❊❊

Er fuhr nach Westen. Um Kladice machte er einen weiten Bogen. Er schlief unter freiem Himmel. In der Ferne war das Wühlen von Bumdas zu hören, aber die Geräusche machten ihm keine Angst. Er war

Boh, der Diplomat, und ob Mensch oder Bestie –
man sollte sich zweimal überlegen, ob man sich mit
ihm anlegte. Im Schlaf plagten ihn die altbekannten
Alpträume. Am Morgen sagte er sich, dass, zumindest
einige davon, ihn zum letzten Mal gequält hatten. Es
war ein letztes Aufbäumen, das ihn darin bestärkte, die
richtige Entscheidung getroffen zu haben.

Der Himmel war wolkenverhangen, als Bohdan eine
Abkürzung durch die Wüste nahm, wodurch er Lace
Town rechts liegen ließ. Mittlerweile saß er sicher und
selbstbewusst im Sattel, auch wenn es holprig wurde. Es begann zu nieseln, zugleich schien die Sonne.
Bohdan setzte den Helm ab und genoss es, gleichzeitig
den schwachen Regen und die warmen Strahlen auf
seinem Gesicht zu spüren. Er stieß wieder auf die
Straße und folgte ihr nach Westen. Vor ihm waren
die Berge zu sehen. Ein Greifvogel drehte hoch über
ihm seine Kreise, als er in den Canyon hineinfuhr. Er
suchte die Hänge auf seiner Rechten ab, und bald hatte
er die Stelle gefunden.

Es war ein steiler Aufstieg. Nur einmal sah er nach
unten, wo er das Motorrad abgestellt hatte – keine
gute Idee! Schwindel überkam ihn, und er heftete
den Blick auf die Vorsprünge, an denen er sich festhielt. Vorsichtig kletterte er, bis er das kleine Plateau
erreicht hatte. Da war er, der geheime Eingang zur
Höhle, zu dem Gefängnis, in dem Minx die besiegten
Shedai-nai eingesperrt hatte.

Der Regen wurde stärker, und Bohdan fröstelte. Er trat an das verrostete Eisenrad, das die massive Stahltür öffnen würde. Einen Augenblick zögerte er. Tat er das Richtige? Er selbst war kein Shedai-nai, aber Danija war ein Halbblut, und eine Stimme tief in seinem Inneren flüsterte ihm zu, dass sein Schicksal mit dem fremden Volk verflochten war. Ohne Zweifel war es unrecht, einen stolzen Krieger aus dem Hinterhalt zu überwältigen, um ihn dann für alle Zeiten einzusperren. Oder wusste Minx mehr als er? Was wusste er überhaupt über die Shedai-nai? Bohdan atmete tief durch und versuchte das Rad zu drehen. Es rührte sich nicht. Bohdan verstärkte seine Körperkraft durch einen raschen Spruch, und nun drehte sich das Rad quietschend und ächzend.

Er zog, und die Pforte öffnete sich. Sich mit Kampf- und Defensivsprüchen wappnend, zog er weiter, bis der Spalt groß genug war, um hindurchzuschlüpfen. Ein atemraubender Gestank schlug ihm entgegen und eine tiefe, schwere Finsternis. Er murmelte einen Unternamen für Licht, aber es geschah nichts. Übelkeit überkam ihn, und mit einem Mal fühlte Bohdan sich schwach. Es musste an den Wänden des Gefängnisses liegen. Sie ließen also nicht nur keine Magie hinaus, sie verhinderten sie auch im Inneren.

»Gu-na gala?«, erklang eine dünne Stimme aus der Dunkelheit.

Bohdan wandte sich zu ihr um. Mit zusammengekniffenen Augen, die sich allmählich an die kargen

Lichtverhältnisse gewöhnten, erkannte er die Umrisse einer zusammengesunkenen Gestalt. Bohdan trat näher an sie heran und sah, dass es der Shedai-nai war, den er vor drei Regenzeiten geholfen hatte niederzuringen. Um seine Handgelenke lag eine schwere Kette, die mit einem über ihm in die Wand eingelassenen Ring verbunden war.

Inzwischen nahm Bohdan mehr von seiner Umgebung wahr, und ein kalter Schauer lief ihm über den Rücken. Offenbar handelte es sich bei dem Takushin um den letzten Überlebenden. Die anderen gefangenen Shedai-nai waren gestorben. Vielleicht waren sie verdurstet, vielleicht hatte sie aber auch die Abwesenheit der Magie getötet. Ausgemergelte, halbnackte Körper, aus deren Brustkörben die Rippen hervorstachen. Manche hatten offensichtlich versucht, sich mit ihren Zähnen von den Ketten zu befreien. Es war ein grauenerregender Anblick. Das war kein Gefängnis, das war eine Grabstätte.

Bohdan riss sich zusammen und untersuchte die Kette des einzigen Überlebenden. »Ich bin gekommen, um dich zu befreien«, murmelte er. Der Takushin stöhnte nur.

Die Kette bestand aus einem Bohdan unbekannten Metall. Mit einem Zauber hätte er versuchen können, die dicken Glieder zu sprengen, aber seine Kräfte standen ihm hier nicht zur Verfügung. Frustriert lehnte er sich neben den Takushin an die Wand und ließ sich auf den Boden sinken. Dabei berührte seine

Schulter die des Gefesselten, und kurz flammte ein Bild in Bohdans Geist auf. Eine Waffe … ein Schwert.

Bohdan begriff die Botschaft und stand auf. »Ich komme bald zurück«, versprach er, ohne zu wissen, ob der Takushin ihn verstand, und verließ eilig das Gefängnis.

Bohdan nahm den schmalen Pfad, der auf die nördliche Hochebene führte. Eigentlich hatte er diesen Ort meiden wollen. Er erkannte die Stelle wieder, an der sie auf der Lauer gelegen hatten, und ein Stück weiter den Platz, an dem Minx und er gelagert hatten. Das war Vergangenheit. Er griff aus sich hinaus und sah die Auren der vergrabenen Waffen unter der Erde schimmern. Bei manchen Dingen sollte man nicht nachhelfen, dachte Bohdan, zog seinen Mantel aus und begann mit bloßen Händen zu graben. Der Regen hatte die Erde aufgeweicht, und nach kurzer Zeit stießen Bohdans Finger gegen etwas Hartes. Er grub weiter, bis er die von Schlamm verschmierte Klinge herausheben konnte. Ein Blitz durchzuckte den von dunklen Wolken verhangenen Himmel, kurz darauf grollte lauter Donner.

Als Bohdan in die Höhle zurückkam, war er bis auf die Haut durchnässt. Mit zwei Hieben durchtrennte er die Kette. Die Arme des Takushin fielen kraftlos zu Boden. Bohdan umfasste ihn an der Hüfte und half ihm auf die Beine. Der Takushin legte einen Arm um Bohdans Schulter, und so traten sie aus dem Gefängnis. Sie ließen sich neben der Stahltür nieder. Ein

Felsvorsprung schützte sie vor dem Regen. Bohdan entnahm den tiefen Taschen seines Mantels ein Stück aufgeweichtes Brot und eine kleine Trinkflasche. Beides reichte er dem Takushin. Der aß einen Bissen und trank ein wenig, mit zitternden Händen.

»Wie heißt du?«, fragte Bohdan.

Der Takushin schwieg und schloss die Augen. Bohdan sah mit seinem dritten Auge, dass er nicht schlief, sondern einen Zauber wirkte. Er schöpfte Kraft aus dem Wald, aber auch aus dem Boden unter und dem Himmel über ihm. Ein gelber Strom Energie, der in ihn floss und den er aufnahm.

Bohdan trank selbst einen Schluck aus der Wasserflasche und blickte in Richtung Westen, wo der Wald durch den Regen hindurch gerade noch zu erkennen war. Dorthin würde er gehen. Er würde die Ödlande hinter sich lassen. Minx würde ihm nicht in den Wald hinein folgen. Ein neues, völlig unbekanntes Leben wartete auf ihn, aber zuerst musste er noch eine Sache erledigen.

Der Regen wurde schwächer, wurde zu einem Nieseln und endete schließlich ganz. Die Dämmerung senkte sich über den Canyon, und als es dunkel wurde, glitzerten Sterne am Himmel. Bohdan zog seinen Mantel aus und breitete ihn so aus, dass er auch den Takushin vor der Einzug haltenden Kälte schützte.

Ohne es zu bemerken, musste Bohdan eingeschlafen sein. Er streckte sich und sah in das mondbeschienene Gesicht des befreiten Shedai-nai. Dessen Gesicht wirkte noch immer eingefallen und ausgemergelt, aber Bohdan spürte, dass das Leben in die Adern des Takushin zurückgekehrt war. Schweigend saßen sie nebeneinander, bis der Morgen graute. Am Himmel war keine einzige Wolke zu sehen. Die Regenzeit war endgültig vorüber. Sie aßen einen Happen und tranken. Der Takushin zwang sich, ein letztes Mal die Höhle zu betreten, um das Schwert herauszuholen, dann machten sie sich an den Abstieg. Sein Begleiter war noch nicht ganz sicher auf den Beinen, und zweimal musste Bohdan ihm die Hand reichen, damit er nicht stürzte.

Als sie unten auf der Straße, die durch den Canyon führte, angekommen waren, bot Bohdan dem Takushin an, auf das Motorrad zu steigen. »Ich bringe dich bis zum Waldrand«, sagte Bohdan, aber der Takushin schüttelte den Kopf.

»Sige«, meinte Bohdan, »dann trennen sich unsere Wege hier.«

Der Takushin legte den Kopf in den Nacken und sah hinauf zu dem versteckten Gefängnis, in dem er die letzten drei Regenzeiten verbracht hatte und in dem viele seiner Brüder elendig zugrunde gegangen waren. In seinen Augen lag Trauer, aber auch eiskalter Zorn.

»Du musst mir versprechen«, forderte Bohdan, »dass du keine Rache nehmen wirst. Das ist mein Preis für deine Befreiung.«

Ihre Blicke trafen sich, und Bohdan wusste, dass der Takushin ihn verstanden hatte. Widerstrebend nickte er knapp. Und dann ging er ohne ein Wort los, zu Fuß, das Schwert auf der Schulter, dem Wald entgegen. Bohdan sah ihm eine Weile nach, ehe er auf sein Motorrad stieg. Er musste in dieselbe Richtung, daher holte er ihn schon bald darauf ein. Bohdan bremste ab.

Der Takushin wandte sich ihm zu und sagte: »Nut.«

Bohdan wusste darauf nichts zu antworten.

Der Takushin biss sich auf die Lippen und erklärte, mit starkem Akzent, aber klar verständlich: »Das bedeutet in deiner Sprache *danke*. – Ich akzeptiere deinen Preis.«

Bohdan stieß innerlich einen Seufzer der Erleichterung aus. »Gute Heimreise«, sagte er und gab Gas.

KAPITEL VI

Die Sonne schien heiß und unerbittlich, wie sie es von nun an wieder jeden Tag tun würde. Bohdan hatte den Helm ausgezogen und genoss den Fahrtwind. Er hielt auf den Dreierbund der Siedlungen Paix, Bitman Suo und New Town unter der Herrschaft von Don Festa zu. Er hatte keinen Plan, nur ein Versprechen, das er sich im Stillen selbst gegeben hatte, als der Don zur Demonstration seiner Macht eine Frau zu Tode peitschen und ihren Mann aufknüpfen ließ. Zumindest hatte er eine klare Vorstellung, wie es für den Dreierbund weitergehen sollte, nachdem er den Don abgesetzt hatte. Er wollte Dante, den klugen und ehrlichen Vorstand von Bitman Suo, als neuen Don einsetzen. Dante würde fraglos ein gerechter und weiser Anführer sein.

Bohdan folgte der Waldgrenze. Die dicht an dicht stehenden Bäume jagten ihm noch immer Angst ein, aber der Drang in ihm wuchs, sich diesen Ängsten zu stellen. Rechterhand war das ausgetrocknete Bett eines Flusses zu sehen. Sein Wasser, wusste Bohdan, war für die Bewässerung der Felder aufgebraucht worden. Er machte einen Bogen um Paix und fuhr mitten durch die Felder direkt auf New Town zu.

Kurz überfiel ihn die Hoffnung, der Don würde mit sich reden lassen, wenn er ihm drohte, aber das war reines Wunschdenken. Der Tyrann würde seinen angestammten Platz niemals freiwillig räumen. Wie sollte er also vorgehen? Vom Motorrad aus wurde er auf eine Szene aufmerksam, die ihm die Entscheidung abnehmen sollte.

Ein Aufseher schwang seine Peitsche und ließ sie auf den Rücken eines Mädchens niedergehen. Ein anderer Aufseher stand grinsend daneben, sein blauer Mantel flatterte im schwachen Wind. Die auf den Knien mit Sicheln jätenden Arbeiter schauten weg, erhöhten jedoch ihren Eifer. Bohdan hielt an und stieg ab. Noch einmal holte der Aufseher mit der Peitsche aus, aber sie schnappte nicht nach vorn, weil Bohdan das Ende des Lederriemens festhielt. Wütend wandte sich der Mann zu ihm um. Das Mädchen wunderte sich, dass der erwartete Streich ausblieb, und sah schüchtern auf. Seine Augen weiteten sich vor Entsetzen, als es Bohdan bemerkte, der noch immer die Peitsche hielt.

Der andere Aufseher erkannte Bohdan und flüsterte seinem Kollegen etwas zu.

»Ist mir egal, wer er ist!«, fuhr der Mann auf, um Bohdan anzuknurren: »Lass mich meine Arbeit machen, oder du bist der nächste, der die Peitsche zu spüren bekommt.«

In Bohdan flammte eine lange unterdrückte Wut auf. Es war nicht der einzige Ort in den Ödlanden, an dem die Starken die Schwachen unterdrückten, sie ausbeuteten und schikanierten. Er hatte auf seinen Reisen viel Leid gesehen, aber hier war die Ungerechtigkeit und die Grausamkeit am greifbarsten.

»Du sollst deine Peitsche haben«, sagte Bohdan. Er öffnete die Hand. Die beiden Aufseher grinsten, sie dachten wohl, sie hätten ihn eingeschüchtert. Bohdan griff aus sich hinaus, erfasste die Peitsche mit seinem Geist und unterwarf sie seinem Willen. Einen Augenblick schauten die beiden Männer verdutzt drein, als sich die Peitsche, wie von Zauberhand bewegt, unnatürlich durch die Luft schlängelte, dann trat nacktes Entsetzen auf ihre Mienen. Blitzschnell schlang sich der Lederriemen um ihre Kehlen. Bohdan verstärkte den Druck. Die Männer gingen auf die Knie, ihre Gesichter färbten sich kalkweiß, und die Augen traten aus ihren Höhlen. Es knackte einmal, dann ein zweites Mal, und beide Aufseher sanken tot zu Boden.

Die Arbeiter hatten von ihrem Tun abgelassen, einige waren aufgestanden. Alle starrten Bohdan an. Es herrschte ohrenbetäubende Stille, selbst der Wind hielt den Atem an. Bohdan wandte sich ab und stieg auf sein Motorrad. Er brauchte keinen Plan, sein lodernder Zorn würde ihn leiten. Er gab Gas und hielt auf New Town zu.

Die Zugbrücke, welche in die Festungsstadt führte, war hochgezogen. Bohdan wollte sich nicht mit Verhandlungen aufhalten. Er sprengte mental die Ketten, und die zusammengeschweißten Eisenplatten gingen mit einem lauten Knall nieder. Bohdan fuhr mit ungedrosselter Geschwindigkeit ins Maul des Ungeheuers. Er spürte die Präsenz der Männer auf der Brustwehr hinter ihm. Sie legten mit Gewehren auf ihn an. Mit einem kabbalistischen Spruch ließ er einen kurzen, aber äußerst starken Windstoß entstehen, der die Männer von der Mauer fegte. Schreiend stürzten sie hinab. Jetzt geriet die ganze Stadt in hellen Aufruhr. Vor ihm fand sich ein Trupp Blaumäntel ein, einer davon rief ihm etwas zu. Bohdan hielt an, stieg vom Motorrad und kam auf die Männer zu.

»Du sollst dich ergeben!«, bellte ihn ein schnauzbärtiger Mann an, aber es lag Angst in seiner Stimme.

Bohdan lächelte grimmig. Er erkannte den Mann. Es war derjenige, der vor drei Regenzeiten ganz in der Nähe auf einem Platz die hilflose Frau zu Tode gepeitscht hatte. Neben ihm stand der, der deren Ehemann gehängt hatte. Bohdan sammelte seine Kräfte, dann entließ er die aufgestaute Energie. Die Läufe der Gewehre verbogen sich. Mit einem Bewaffneten ging es durch, er drückte den Abzug, und die Waffe explodierte in seiner Hand.

Bohdan streckte den Arm aus und zeigte auf die beiden Mörder. »Alle außer euch beiden können gehen.«

Niemand rührte sich.

»Jetzt«, schnaubte Bohdan, und plötzlich ließen die Männer ihre nutzlos gewordenen Waffen fallen und stoben in alle Richtungen davon. Auch die beiden, die Bohdan im Visier hatte, wollten Reißaus nehmen. Bohdan packte sie mit unsichtbaren Fängen und hob sie hoch in die Luft. Immer höher. Er öffnete seine Linke, und ihre Körper waren wieder den physikalischen Gesetzen unterworfen. Sie stürzten herab, und als sie auf dem harten Kopfsteinpflaster aufkamen, platzen sie förmlich auseinander.

Bohdan ging weiter. »Don Festa!«, rief er, dass es von den Mauern und Häuserwänden widerhallte. Aber so leicht machte es ihm der Don nicht. Aus dem Kasernengebäude neben seiner Villa strömten bewaffnete Handlanger, ein ganzes Regiment. Sie schossen. Bohdan ließ die Kugeln in der Luft einfrieren und schleuderte sie zurück. Er geriet in einen Rausch. Zauberspruch folgte auf Zauberspruch, und die Männer in ihren blauen Mänteln starben. Der Tribut staute sich an; Bohdan wurde es schwindelig, aber sein übermächtiger Zorn brachte ihn dazu, weiterzumachen, bis Stille einkehrte und verkrümmte Leichen den Platz vor der Villa bedeckten. Bohdan bewältigte eine erste starke Woge des Tributs und ging schweren Schrittes auf die Terrasse zu.

Die Tür schwang auf. Don Festa trat hoch erhobe nen Hauptes heraus. Der Tyrann trug die dunkelblaue Uniform mit den goldenen Knöpfen, an der Hüfte steckte ein Säbel in einer mit Ornamenten verzierten Scheide. In seinen Augen war keine Angst zu sehen, als er die Treppe herabstieg und Bohdan entgegenkam.

»Boh, der Diplomat«, spie Festa zwischen zusammengepressten Zähnen aus. »Wo ist deine Freundin?«

»Ich bin allein gekommen«, erwiderte Bohdan matt.

Don Festa sah sich um, ließ seinen Blick über all die toten Soldaten schweifen. Seine Miene verfinsterte sich. »Du bist also gekommen, um mich zu stürzen.«

Bohdan rang eine zweite Welle Tribut nieder. Er fühlte sich zu schwach für einen Plausch und nickte daher nur knapp.

Der Don lachte grimmig auf. »Gewähre mir einen fairen Zweikampf!« Er zog seinen Säbel aus der Scheide.

»Den hast du nicht verdient«, antwortete Bohdan leise, zog seinen Revolver und schoss Don Festa ohne zu zögern in die Brust. Der Mann sah ungläubig auf den Revolver, dann hob er seine Hand und befühlte die Wunde. Er keuchte, Blut rann ihm aus den Mundwinkeln, und er stürzte rückwärts zu Boden.

Die dritte Tributwelle schwappte über Bohdan zusammen. Er taumelte zu einem Fahnenmast und ließ sich mit dem Rücken daran hinabgleiten. Durch halb geschlossene Augen betrachtete er, was er angerichtet hatte. All das Blut, all der Tod. Er redete sich ein, dass es notwendig gewesen war. Aber die Erklärung schmeckte schal. Er hatte sich an seiner Macht berauscht, die Macht hatte die Kontrolle übernommen. *Dante.* Er klammerte sich an diesen Namen. Dante würde ein besserer Anführer sein. Er musste zu ihm, musste ihm alles erklären und ihm sagen, dass …

Ohnmacht hüllte ihn ein, verschlang ihn, nahm ihn mit sich in eine kalte, allumfassende Schwärze.

Noch ehe er die Augen wieder aufschlug, spürte er die Präsenz von etwas Lebendigem auf dem Platz. Kein Mensch, kein Tier, auch kein Shedai-nai. Es war etwas anderes, etwas künstlich Geschaffenes. Bohdan zwang seine Augen, sich zu öffnen. Es war Minx. Sie stand keine zwanzig Schritte von ihm entfernt. Die Abendsonne färbte sie rot. Über ihren Schultern ragten die Griffe der Macheten, in Hüftholstern steckten die schweren, automatischen Pistolen. Wie lange stand sie wohl schon so breitbeinig da, mit versteinerter Miene, den Blick unverwandt auf ihn gerichtet? Ein Schmerz manifestierte sich hinter Bohdans Schläfen, so heftig, dass er sich übergeben musste. Den Fahnenmast zu Hilfe nehmend, gelang es ihm, sich aufzurappeln.

Jetzt standen sie sich gegenüber, der Mushanti und die Kriegerin, Kopfgeldjägerin und was immer Minx sonst noch war. Bohdan machte versuchsweise einen Schritt nach vorne. Ohne die stabile Stange in seinem Rücken schwankte er, aber er hielt sich aufrecht. Er überlegte, etwas zu sagen, doch es fielen ihm keine passende Worte ein, daher schlug er den Mantel zurück, sodass der Revolver im Holster freilag.

Es hatte von Anfang an so kommen müssen, das verstand er jetzt. Er hätte gerne seinem Bedauern Ausdruck verliehen, noch lieber hätte er über Dante gesprochen, damit all das Leid, das er angerichtet hatte, nicht umsonst gewesen wäre, aber Minx Miene war eisern. *Reiß dich zusammen*, hatte sie ihm vor drei Regenzeiten an eben dieser Stelle, an der sie sich jetzt gegenüberstanden, gesagt. *In den Ödlanden ist kein Platz für Mitgefühl oder Sanftmut.* Und sie hatte recht gehabt. Bohdan war zu schwach, um einen Zauber zu wirken, der ihre Barrieren durchdringen konnte, und so blieb nichts anderes übrig, als ihren Zwist mit Pistolen auszutragen. Ihm war bewusst, dass er keine Chance hatte, aber er würde sich nicht kampflos geschlagen geben.

»Du bist ein solcher Baichi«, sagte Minx kalt.

Bohdans Hand griff nach dem Revolver. Er hatte ihn noch nicht einmal ganz aus dem Holster gezogen, als sich aus Minx' Waffe Kugeln lösten. Bohdan sah sie kommen, hatte aber keine Kraft mehr, ihnen auszuweichen. Eine ritzte ihm die Schulter auf, die beiden anderen bohrten sich in sein Fleisch. Er ging auf die Knie nieder, der Revolver fiel ihm aus der kraftlosen Hand. Noch einmal blinzelte er in die Abendsonne, dann fiel er vornüber.

✳✳✳

Irritiert stellte Bohdan fest, dass er nicht tot war. Richtig lebendig fühlte er sich allerdings auch nicht. Ein grauer Schleier lag vor seinen Augen, als würde ihn dichter Nebel umgeben. Sein Körper war fern und fremd, unwirklich wie ein Körper in einem Traum. Immerhin nahm er wahr, dass er bewegt wurde. Ein ruckelige Fahrt. Möglicherweise lag er auf der Ladefläche eines Geländewagens. Etwas war um seine Hand- und Fußgelenke geschlungen. Machte dieses kühle Etwas so schwach und dämmrig? Selbst die Schmerzen waren fern und unwirklich. Ein Brennen in der linken Brust, ein Dröhnen in seinem Schädel, und seine Kehle war so trocken, dass er glaubte, seine Stimme für immer verloren zu haben. Der kurze Moment rudimentärer Klarheit ging vorüber, Bohdans Gedanken zerfaserten.

Als er das nächste Mal zu sich kam, wusste er nicht, wie viel Zeit vergangen war. Obwohl er sich anstrengte, gelang es ihm nicht, seinen Augen zu befehlen, sich zu öffnen. Aber die Schmerzen in seiner Brust fühlten sich nun realer an, und er hörte Stimmen.

»Lasst ihn nicht von der Kette, niemals.« – Er kannte diese Stimme. Es war Minx, die sprach.

Ein schlechtgelauntes Brummen. »Und wie soll er dann arbeiten?« – Die Frage hatte ein Mann gestellt.

»Das überlasse ich euch«, schnaubte Minx. »Immerhin bezahle ich dafür. Der Revolver und dieser Mantel sind kostbarer als sie aussehen.«

»Und er ist wirklich ein Verbrecher?«

»Oh ja«, bestätigte Minx. »Er hat in New Town über hundert Männer getötet.«

»Kein Snug? Der Wicht? Nja, meinetwegen.« Eine kurze Pause. »Wir werden ihn bis zu seinem letzten Atemzug hierbehalten. Es wird sich schon eine Arbeit für ihn finden lassen.«

Klimpern war zu hören. Bohdan schlussfolgerte, dass Quins den Besitzer wechselten. Wo zur Hölle hatte Minx ihn hingebracht? Sie sagte noch etwas, aber Bohdan hörte es nur noch ganz leise, dann erstarb jedes Geräusch, und er war wieder von Schwärze umgeben.

Er schlug die Augen auf, aber er konnte nichts sehen. Panik ergriff ihn. War er tot? Nein, Tote fühlten keinen Schmerz. Oder etwa doch? Ganz ruhig, sagte er sich. Er war weder tot noch war die Finsternis, die ihn umgab, vollkommen. Irgendwo in seiner Nähe befand sich eine schwache Lichtquelle. Er befand sich einfach nur in einem dunklen Raum. Einem dunklen, übelriechenden Raum, dessen Boden aus kühlen Steinplatten bestand.

Er wollte sich aufrichten und sich tastend genauer orientieren, aber seine Hände und seine Beine waren gefesselt. Allmählich kehrten seine Erinnerungen zurück, und Bohdan verstand: Minx hatte ihn mit derselben Art Kette gefesselt, mit der sie die Shedai-nai gebunden hatte. Daher rührte die Taubheit. So fühlte es sich also an, wenn er von der Magie, dem Nachhall abgeschnitten war. Es war ein schreckliches Gefühl der Schwäche und des Ausgeliefertsein, und er fragte sich, wie die Menschen leben konnten, die über keine Mushanti-Kräfte verfügten.

Wie hatte Minx ihn so schnell finden können? Wie war sie aus Klantovy entkommen? Er war tatsächlich ein Baichi. Ein tiefes Stöhnen entfuhr seiner ausgedörrten Kehle.

»Er ist wach«, sagte eine raue Männerstimme.

»Schon eine Weile«, ergänzte eine zweite Stimme, die einer älteren Frau gehören musste.

»Ach, ist eh Zeitverschwendung, mit ihm zu reden«, sagte der Mann. »Der hält nicht lange durch.«

»Unterschätze ihn nicht«, erwiderte die Frau. »Außerdem, das einzige, was wir im Übermaß besitzen, ist schließlich Zeit.«

»Wo … wo bin ich?«, stammelte Bohdan. Nur mit Mühe hatte er die Worte herausgebracht. Seine Zunge war schwer und klebte am Gaumen.

»Du bist in Gundaban«, erklärte die Frau. »Eine Mine und ein Gefängnis.«

»Ein Gefängnis, aus dem es kein Entrinnen gibt«, fügte der Mann hinzu. »Hier ist Endstation, Kleiner, find dich damit ab.«

Bohdan sammelte Kraft für eine Erwiderung. »Ich mag es nicht … wenn man mich … Kleiner nennt.«

Ein heißeres Lachen. »Na, immerhin hast du Schneid. Aber das wird dir hier unten auch nichts nützen. Im Gegenteil, ein großes Maul bringt nur Schwierigkeiten.«

Bohdan wollte dagegenhalten, dass er schon ziemlich tief in der Patsche saß und sich nicht vorstellen konnte, dass es ihm möglich war, seine Lage noch zu verschlechtern. Aber ihm fehlte die Kraft für einen Disput, deshalb fragte er: »Wer seid ihr?«

»Pff«, machte der Mann, »spielt keine Rolle. Wir sind alle dazu verdammt, in diesem Dreckskerker zugrunde zu gehen.«

»Mein Name ist Foster«, sagte die Frau freundlich. »Dr. Foster.«

KAPITEL VII

Minx saß in dem Wagen, den sie in Klantovy gestohlen hatte. Ihre Hände krallten sich so fest um das Lenkrad, dass die Knöchel weiß hervortraten. Es war ihr schwer gefallen, Bohdan in Gundaban abzuliefern. Niemand hatte die Miene jemals verlassen. Sie ärgerte sich über sich selbst. Weshalb dachte sie überhaupt noch an diese hinterhältige Kröte? Sie hatte den vielversprechenden Jungen zu ihrem Partner gemacht, sie, der Schwarze Reiter, der die Ödlande seit ihrem Bestehen allein durchstreifte. Sie hatte ihn ausgebildet, sie hatte ihm beigebracht, wie man in der Wildnis überlebte. Und was war der Dank dafür gewesen? Ohne jede Vorwarnung hatte er sie überrumpelt, sie verraten und neben einer übel zugerichteten Leiche liegen lassen. Hätte man sie so gefunden, hätte man sie einer äußerst peinlichen Befragung unterzogen, vielleicht hätte man sie sogar hingerichtet.

Minx zwang sich dazu, ihre Hände zu entspannen, aber ihre Gedanken kreisten weiter.

Bohdans Rachefeldzug gegen Don Festa war unvernünftig und kurzsichtig gewesen. Aber unverzeihlicher als alles andere war, dass er den Takushin befreit hatte. Sie war im Canyon gewesen und hatte es mit eigenen

Augen gesehen. Wie konnte Bohdan nur derart töricht
sein? War ihm denn nicht bewusst gewesen, was er
anrichtete? Sicher, er hatte sie einmal gerettet, damals
in Prak City, aber diese Schuld hatte sie längst doppelt
und dreifach abgegolten.

Minx spuckte aus dem offenen Fenster, um den
bitteren Geschmack im Mund loszuwerden. Ein Nach-
geschmack blieb zurück, aber Minx war gut darin, ihre
Aufmerksamkeit auf das zu richten, was vor ihr lag,
und nicht zurückzublicken. Bald, da war sie sich sicher,
würde die gemeinsame Zeit nur noch eine Erinnerung
sein, und auch die würde verblassen. So war es doch
immer.

Ehe sie die Verfolgung des Verräters aufgenommen
hatte, hatte sie in Kladice Halt gemacht und dem
Stadtrat berichtet, was das Halbblut ihr gebeichtet
hatte. Damit war der Auftrag nicht vollständig erledigt, und der Rat hatte ihr nicht die volle vereinbarte
Summe bezahlt, aber die Informationen reichten aus,
dass Kladice sich selbst helfen konnte. Wenn der Rat
klug vorging, würde er auch ohne sie einen Weg finden,
das Wasser der Brunnen zu reinigen und dem neidi-
schen Nachbarn Klantovy eine Lektion zu erteilen,
die er nicht so schnell vergessen würde.

Minx war nach einer anderen Art Ablenkung zumute. Das Jagen von Mutanten bereitete ihr mehr
Vergnügen als das Aufklären einer Intrige, vor allem
jetzt, da sie wieder selbst Verhandlungen führen musste. Deshalb befand sie sich auf dem Weg nach Lace

Town. In der Ferne konnte sie bereits die hohen Häuser im Zentrum ausmachen, deren Lichter von den sie umgebenden Wellblechdächern reflektiert wurden. Ein kurzes Bedauern regte sich in ihr, als sie an New Town dachte. Sie ahnte, dass Bohdan Don Festa getötet hatte, um zu erreichen, dass Dante der neue Herrscher von Bitman Suo, Paix und New Town wurde. Sie hatte Dante immer geschätzt, ohne jeden Zweifel wäre er ein besserer Anführer als der Don. Aber das mussten die Bewohner des Dreidörferbundes selbst entscheiden. Minx hätte sich eher in ihre Machete geworfen, als dabei zu helfen, Bohdans letzten Willen auszuführen. Diese miese, kleine, verräterische Kröte! Sie drückte das Gaspedal bis zum Anschlag durch und ärgerte sich noch mehr, weil der gestohlene Wagen nur minimal beschleunigte. Bestimmt freute sich irgendein Baichi aus Klantovy über ihr Motorrad, das sie hatte zurücklassen müssen, weil Bohdan es sabotiert hatte.

»Boh, der Diplomat«, knurrte sie und spuckte erneut aus. »Verrotten sollst du.«

In Lace Town fuhr sie auf direktem Weg zu Cem, der sich einen schlechten Scherz über Minx fahrbaren Untersatz nicht verkneifen konnte. Minx funkelte ihn an, woraufhin Cem hart schluckte und sie persönlich zu einem freien Camper führte.

»Ist es wahr, was man sich von New Town erzählt?«, fragte Cem, der seine Haarfarbe häufiger wechselte als seine Hosen. Gerade waren sie schlohweiß und zu spitzen Zacken aufgestellt. Sein gezwungenermaßen ebenfalls modebewusster, hässlicher Hund kauerte neben ihm und stieß sein Herrchen bettelnd mit der Schnauze an.

»Was erzählt man sich denn von New Town?«

Cem gab seinem Hund eine Leckerei, ohne den Blick von Minx zu lassen. »Chiau-chu, Guigai! Wie lange kennen wir uns jetzt schon? Spiel keine Spielchen mit mir. Es heißt, dein Partner hat 'nen krassen Horror abgezogen, jede Menge Blaumäntel gekillt und den allseits geliebten Don Festa kaltgemacht.«

Er hielt ihr lockend den Schlüssel zum Camper hin. Minx legte den Kopf leicht schief, dann schnappte sie sich ihn, schnell wie eine zubeißende Schlange. Sie wandte sich ab und schloss die Tür des Campers auf.

»Die Geschichte ist wahr«, sagte sie über die Schulter. »Und Boh hat dafür bezahlt.«

»Kein Snug?«, fragte Cem eifrig. »Du hast ihn getötet?«

Minx trat ein, zog die Tür hinter sich zu und ließ Cem stehen. Er hatte, was er wollte, und sie auch. Cem würde dafür sorgen, dass sich die Neuigkeit verbreitete. Die Ödländer sollten wissen, dass sie Boh den Diplomaten aus dem Verkehr gezogen hatte. Sie zog sich aus, wusch sich an der kleinen Spüle und legte sich ins Bett. Sie rückte den Stuhl, über den sie ihre Kleider geworfen hatte, näher an sich heran, damit der Waffengurt in griffbereiter Nähe war. Durch die gekippten Fenster streifte ein angenehm kühler Luftzug über ihre nackte Haut. Ihre Hand wanderte zwischen ihre Schenkel. Während sie sich streichelte, versuchte sie, nicht an Bohdan zu denken. Aber es wollte nicht gelingen, immer wieder drängten sich ihr Bilder von ihm auf. Schließlich ließ sie es zu. Als sie den Höhepunkt erreichte, bäumte sie sich kurz auf und ließ sich zurücksinken. Die letzten wohligen Schauer durchfuhren ihren Körper, und Minx ließ sich in einen traumlosen Schlaf gleiten. Sie träumte nie.

Erfreulicherweise musste sie am nächsten Tag nicht ins Zentrum von Lace Town. Cem revanchierte sich für die Bestätigung der Gerüchte und die Bonusinformation von Bohdans Ableben mit der Vermittlung eines Auftrags. Drei wohlhabende Händler hatten sich zusammengetan und suchten nach jemandem, der die Straße nach Prak City sicherte. Bei einem Eistee unter dem Schatten eines Vordachs gab Cem wieder, was ihm ein Kontaktmann berichtet hatte. Mittlerweile sei es zu über einem Dutzend Angriffen ohne Überlebende gekommen. Die Lace Riders, die ausgeschickt wurden, waren entweder erfolglos zurückgekehrt oder ebenfalls verschwunden. Alles deute auf Bestien aus dem Seuchengebiet hin. Es geschah manchmal, dass mutierte Kreaturen die abgesteckten Zonen verließen. Niemand wusste warum. Da die Lace Riders der Sache offenbar nicht Herr wurden und das Antidot knapp wurde, hatten die drei Geschäftsleute eine stattliche Summe für denjenigen ausgeschrieben, der die Bestien erledigte, damit der Handel wieder florieren konnte.

Minx dankte Cem und trank ihren Eistee aus.

»Du willst gleich aufbrechen?«, fragte Cem.

»Wer rastet, der rostet«, erwiderte sie, erhob sich und machte sich daran, ihre Sachen zusammenzupacken. Immerhin war Bohdan schlampig genug gewesen, ihren Satteltaschen nicht die wirklich wichtigen Dinge zu entnehmen. So hatte sie zwar ihr Motorrad und Zeit verloren, nicht aber ihre wertvollen Ausrüstungsstücke. Vor allem das Scharfschützengewehr würde ihr bei diesem Job vermutlich gute Dienste erweisen.

Keine Stunde nach dem Gespräch mit Cem befand sie sich wieder auf der Straße.

Alle Fenster der sich nervtötend langsam voranquälenden Karre waren heruntergekurbelt. Zum einen entstand dadurch ein willkommener Durchzug, zum anderen erleichterte es Minx, in alle Richtungen Ausschau zu halten. Nach der Regenzeit waren in der Einöde grüne Flecken auszumachen, Gräser und kleine Pflanzen. Aufgrund der ungeklärten Bedrohung war die Straße vollkommen leer, sie gehörte ihr allein.

Ein Gefühl von Freiheit überkam Minx, das ihre Laune ein wenig hob. Erst auf etwa halber Strecke nach Prak City machte sie etwas Glänzendes im Sand aus. Sie hielt an und spähte durch das Fernrohr des Scharfschützengewehrs. Wie sie vermutet hatte, handelte es sich um das Wrack eines Lastwagens. Das Fahrzeug lag auf der Seite und wies tiefe Risse im Metall auf. Aber weshalb war es so weit von der Straße abgekommen? Vielleicht hatte es einen Angriff gegeben und der Fahrer war so erschrocken, dass er sein

Heil querfeldein in der Flucht gesucht hatte. Dann hatte ihn etwas dazu gebracht, das Lenkrad zu hektisch herumzureißen, und das Fahrzeug war gekippt. Minx stieg aus, um ihre Theorie zu überprüfen. Mit dem Gewehr auf dem Rücken näherte sie sich der Unfallstelle. Es war sonderbar. Die Reifenspuren endeten abrupt, und Minx fand keine weiteren, bis sie das Wrack erreichte. Der Lastwagen war übler zugerichtet, als aus der Distanz erkennbar gewesen war. Das Dach der Fahrerkabine war herausgerissen. Getrocknetes Blut von mindestens zwei Menschen klebte auf den Sitzen und den Armaturen. Was auch immer sich über den Lastwagen hergemacht hatte, es musste ein ziemlich großes Vieh gewesen sein.

Minx lauschte. Es war nichts zu hören, abgesehen vom Wind, der über Gräser strich. Ein ungutes Gefühl überkam sie, und sie ging zurück zum Wagen. Sie stieg ein und fuhr weiter. Nicht nur die geschätzte Größe des Biestes bereitete ihr Unbehagen. Weshalb hatten die Reifenspuren geendet, und warum hatte sie keine des Untiers gefunden? Diese beiden Fragen bestärkten sie in dem Entschluss, nach Prak City zu fahren. Sie hatte es ohnehin vorgehabt, um doppelt abzukassieren, aber nun wollte sie auch in die große Stadt, weil sie befürchtete, das Kaliber des Scharfschützengewehrs könnte nicht groß genug sein. Sie würde sich an Matej wenden, der in die Fußstapfen seines Vaters getreten und Taipan der Wulda geworden war. Auf jeden Fall würde sie das Haus der Fanta meiden. Wenn Danija von ihrem Bruch mit Bohdan erfahren hatte, konnte das unangenehm werden. Und das letzte, was Minx momentan beabsichtigte, war, deren gemeinsamem kleinem Sohn zu begegnen. Minx fühlte keine Schuld; diese Emotion war ihr fremd, aber sie bedauerte den Wicht, der das Pech hatte, ein Halbblut zur Mutter und einen Verräter zum Vater zu haben.

Sie hatte zwei Drittel des Weges hinter sich, als sie drei weitere Wracks bemerkte. Sie verlangsamte ihre Fahrt, hielt aber nicht an. Auch aus der Distanz war zu erkennen, dass die Szenerie der ersten ähnlich war. Abgerissene Dächer, Blut, aber keine Leichen und keine Spuren des Untiers. Die zerfetzten Fahrzeuge stammten von Lace Riders. Sie hatten sich weit aus ihrem Zuständigkeitsbereich herausgewagt. Minx Instinkt sagte ihr, dass hier nur eine Bestie ihr Unwesen trieb. Doch sie hatte noch immer keine Vorstellung davon, um was für eine Mutation es sich handelte. Vielleicht ein besonders großer Wurm, der sich durch das Erdreich grub? Das würde zumindest erklären, weshalb keine Spuren zu finden waren. Andererseits gab es auch keine Anzeichen für Tunnelausgänge. Aber noch ein anderes Detail beschäftigte sie. Bislang war sie nur auf den einen Lastwagen und den einen Trupp Lace Riders gestoßen. Cem hatte jedoch von mindestens einem Dutzend Angriffen gesprochen. Wo waren also die übrigen Fahrzeuge?

Plötzlich fiel Minx etwas anderes auf, das mehr als seltsam war. Wenn in der Ödnis Blut vergossen wurde, dauerte es normalerweise nicht lange, und es tauchten Aasfresser auf. Jetzt hielt sie doch an. Sie spähte durch das Fernrohr des Gewehrs. Nein, da war nichts. Keine Geier, keine Mokas, die üblicherweise zuerst aus ihren Löchern krochen, um sich über Reste herzumachen. Auch wenn es keine Leichen gab, das Blut hätte sie anlocken müssen. Minx erstarrte. Das ließ nur einen Schluss zu: Die Aasfresser spürten, dass der Jäger noch in der Nähe war. Ganz langsam setzte sie das Scharfschützengewehr ab und stellte es auf den Beifahrersitz. Mit einem Mal fiel ihr eine andere Erklärung für die nicht vorhandenen Spuren ein. Ein kalter Schauer jagte ihren Rücken hinab. Sie drehte den Schlüssel im Zündschloss und wollte gerade Gas geben, als sie vor sich auf der Straße eine sich nähernde Staubwolke bemerkte. Mit laufendem Motor wartete sie. Jetzt erkannte sie auch mit bloßem Auge, was sich ihr näherte. Eine Kolonne von Fahrzeugen. Das vorderste war ein gepanzertes Kettenfahrzeug, dahinter kamen Jeeps mit Geschütztürmen. Zuletzt vier Motorräder. Prak City rückte an.

Minx gab ein wenig Gas und lenkte den Wagen von der Straße. Die Karre war nicht für das Gelände ausgelegt, scheppernd hüpfte sie über den unebenen Boden. Minx verfügte nicht über Mushanti-Kräfte, aber sie hatte ein ausgeprägtes Gespür. Eine Bedrohung näherte sich, näherte sich rasend schnell und zwar von oben. Sie hatte keine Zeit mehr, das Scharfschützengewehr an sich zu nehmen. Sie öffnete rasch die Tür und hechtete hinaus. Keine Sekunde zu früh. Ein unglaublich großer dunkler Schatten stieß auf den Wagen herab, packte ihn mit messerscharfen Klauen und riss ihn mit sich in die Höhe. Dann öffnete das geflügelte Wesen seine Krallen und der Wagen stürzte hinab. Minx rollte sich zur Seite und sah, nun auf dem Rücken liegend, die Bestie in all ihrer Abscheulichkeit.

Sie hatte einen langen, geschuppten Hals, einen gehörnten, echsenartigen Kopf und einen langen Körper, der von vier Flügeln in der Luft gehalten wurde. Die vorderen Flügel hatten eine riesige Spannweite, das hintere Flügelpaar war etwas kleiner. Das ganze Wesen hatte eine himmelblau-graue Farbe. Minx begriff sofort, dass es sich der Umgebung anpassen konnte und deshalb so schwer auszumachen war. Seine Beute registrierte das Biest erst, wenn es über sie kam und es zu spät war. Und jetzt war natürlich auch klar, weshalb Minx keine Spuren hatte finden können.

Die Bestie senkte den Kopf, seine schwarzen Augen suchten den Boden ab. Am Unterkiefer des erschreckend großen Mauls, aus dem lange spitze Zähne ragten, hingen zahllose, seltsame dünne Fäden herab. Jetzt trafen sich ihre Blicke. Aber Minx war keine Beute, sie war eine Jägerin. Ohne zu zögern zog sie die Maschinenpistolen, reckte sie senkrecht in die Luft und drückte ab. Die abgefeuerten Kugeln fanden ihr Ziel, richteten jedoch kaum Schaden an.

Die Zeit schien sich zu verlangsamen. Die Bestie schlug mit den Flügeln, aber gleich würde sie herabstürzen. Sie senkte bereits den Kopf, öffnete das Maul. Minx nahm die Finger von den Abzügen. Sie wollte noch etwas Munition in den Magazinen übrig lassen, um dem Monster aus nächster Distanz ein Andenken zu verpassen. Der riesige Körper kippte. Gleich würde er herabsausen, die sich öffnenden Klauen würden sie packen und sie in Stücke reißen. In diesem Augenblick prallte etwas gegen die Flanke des Untiers, kurz gefolgt von einer Explosion. Die Abordnung aus Prak City hatte das Feuer eröffnet. Die Kreatur stieß einen markerschütternden Schrei aus. Sie war verwundet, aber offenbar nicht tödlich. Sie schlug kraftvoll mit den Flügeln und gewann in Windeseile an Höhe. Bald war sie nur noch ein kleiner, kaum auszumachender Punkt am Himmel.

Minx rappelte sich auf und eilte zum Wagen, der durch den Fall zu einem Schrotthaufen zusammengepresst geworden war. Sie griff durch das zerborstene Fenster auf der Beifahrerseite und nahm das Scharfschützengewehr heraus. Ein rascher Blick nach oben – nichts. Rasch zwängte sie ihren Oberkörper durch das andere Fenster und zog ihre restliche Ausrüstung aus dem Fußraum der Rücksitze. Sie ging hinter dem offen stehenden Kofferraum in die Hocke, tauschte die Magazine der Maschinenpistolen aus, nahm das Gewehr zur Hand, entsicherte – und erst jetzt sah sie sich um.

Die kleine Streitkraft aus Prak City war damit beschäftigt, einen Ring zu bilden. Auf den ersten Blick erkannte Minx die Schwachstelle. Das Rohr des Kettenfahrzeugs konnte genauso wenig steil nach oben ausgerichtet werden wie die Geschütze auf den Jeeps. Der erste Schuss hatte nur treffen können, weil er aus der Distanz erfolgt war. Es war nur zu hoffen, dass die Bestie nicht senkrecht von oben angriff – wenn sie sich überhaupt noch einmal blicken ließ. Denn zunächst geschah überhaupt nichts.

Eine gespenstische Stille legte sich über die Wüste und die Straße, auf der die Männer aus Prak City warteten. Manche von ihnen trugen Kampfanzüge, andere legere Jägerkleidung, manche waren schick gekleidet und hatten Hüte auf den Köpfen. Minx erkannte keinen von ihnen wieder, aber sie war sich ziemlich sicher, dass es sich um einen gemischten Trupp handelte. Offenbar hatten die Häuser entschlossen, dieser Bedrohung gemeinsam Herr zu werden.

»Komm rüber zu uns!«, rief ein Mann in Kampfanzug und mit einem Sturmgewehr im Anschlag.

Minx antwortete nicht. Wenn die Bestie angriff, war sie an ihrer Position besser aufgehoben, und von hier aus konnte sie auch mehr ausrichten.

Die Zeit verstrich, und nichts geschah. Die Sonne brannte heiß auf die Lauernden herab. Minx trank in kleinen Schlucken aus einer Thermoflasche, die den Sturz, von einigen Dellen abgesehen, heil überstanden hatte. Plötzlich kam Bewegung in die Geschütztürme.

Minx ließ die Flasche fallen und nahm rasch das Gewehr zur Hand. Tatsächlich, die Bestie war wieder aufgetaucht. Ein unscheinbarer Fleck am Himmel, der sich von Norden her näherte. Rasend schnell kam er heran. Schon waren die Konturen der Bestie deutlich auszumachen.

Der Panzer schoss, aber zu früh. Die geflügelte Bestie wich mit Leichtigkeit aus und begann, Kreise zu ziehen. Die Geschütze folgten ihrem Flug und spien ratternd Kugeln aus, als die Kreise enger wurden. Aber das Biest war schlau. Es lotete aus, wie nah es kommen konnte, ohne getroffen zu werden.

Minx sah, wie sich die Anführer des Kampftrupps berieten. Die Diskussion wurde hitzig. Ein kleiner Mann, dessen lockiges Haar von einem löchrigen Stirnband zurückgehalten wurde, machte eine wegwerfende Handbewegung und kletterte über den Kühler eines Jeeps. Die anderen suchten Deckung, während er über den Sand in Minx Richtung stapfte. Aufgrund seines verwahrlosten Äußeren ordnete Minx ihn den Skalka zu. Er hielt eine abgesägte, dreiläufige Flinte in den Händen und machte einen sorglosen Eindruck, obwohl seine Rolle klar war. Er stellte einen Köder dar. Auf halber Strecke hielt er an, hob einen Arm und zeigte der noch immer kreisenden Bestie den Mittelfinger.

»Howya, verficktes Drachen-Vieh!«, rief er. »Hier bin ich! Hol mich, wenn du kannst!«

Minx schmunzelte und zielte auf das Untier. Es bewegte sich schnell, aber wenn sie die Geschwindigkeit, den leichten Wind und die bisherigen Flugbahnen mit einrechnete … Sie drückte den Abzug. Die Kugel traf in den peitschenden Schwanz der Bestie. Sie schrie auf und schoss wie ein Pfeil senkrecht nach oben. Immer höher flog sie, kurz stand sie schwerelos in der Luft und dann stürzte sie nieder. Genau, was Minx von Anfang an befürchtet hatte. Der Winkel war zu steil für die größeren Geschütze. Die Männer feuerten mit ihren Handwaffen, und auch Minx jagte drei Kugeln in den Torso der Bestie. Aber die Feuerkraft reichte nicht aus. Einen kurzen Augenblick hüllten die Flügel die Streitkraft aus Prak beinahe vollkommen ein. Die Bestie schnappte mit dem Maul und mit den Klauen zu, wieder und wieder. Die Flügel schlugen und brachten Männer zu Fall. Jetzt hieb das Untier seine Klauen in das Kettenfahrzeug. Ein kraftvoller Flügelschlag, und das Fahrzeug machte einen Sprung. Donnernd fiel es auf die Seite, um dann vollends umzukippen. Minx schoss Kugel um Kugel ab, aber die Bestie wütete weiter. Biss Männern Köpfe ab und zerfleischte Körper mit ihren Klauen. Ein grauenerregendes Blutbad.

Aber Minx blieb ruhig. Auch die Bestie blutete aus zahlreichen Wunden, ihre Bewegungen wurden langsamer. Minx stand auf und ging dem ungleichen Kampf entgegen. Sie zog die Maschinenpistolen und ließ sie Blei spucken. Der Skalka stand neben ihr und feuerte ebenfalls aus seiner Schrotflinte. Die Bestie zuckte zusammen. Sie strauchelte. Noch einmal peitschte sie mit ihrem Schwanz, dann spannte sie die Flügel auf. Durch den harten Beschuss hatten die Schwingen etliche Löcher, der hintere Flügel hing nur noch in Fetzen an der linken Seite. Dennoch gelang es der Kreatur, sich in die Luft zu erheben. Minx schoss, bis das schwer verletzte Ungeheuer außer Reichweite war. Sie blickte ihm nach, als es nach Westen davonflog.

»Sakra!«, brachte der Skalka atemlos hervor.

Minx steckte ihre Pistolen in die Holster und ließ ihn stehen. Einen Moment später folgte der Skalka ihr nach und gemeinsam suchten sie in den Überresten des Gemetzels nach Überlebenden. Ein Mann erlag noch vor Ort einer grässlichen Bauchwunde. Ein weiterer war schwer verletzt, würde aber wahrscheinlich, nach einer Erstversorgung von Minx, bis Prak City durchhalten. Die beiden Piloten des Kettenfahrzeugs waren mit leichten Verletzungen davongekommen. Sie hievten den Schwerverletzen auf den einzigen intakten Jeep, während Minx ein umgefallenes Motorrad aufrichtete, um es zu inspizieren. Es war fahrtüchtig. Der Skalka trat neben sie und fragte: »Was hast du vor?«

Minx schulterte das Scharfschützengewehr und schwang sich auf das Motorrad. »Na, ich hol mir den Kopf des verfickten Drachenviehs.«

Der Skalka dachte kurz nach, dann nickte er. »Ich komme mit.«

Er stellte ein anderes umgestürztes Motorrad auf, gab testweise Gas im Leerlauf und stieg auf den Sattel. »Mein Name ist Dig-dug.«

»Du kannst mich Guigai nennen«, sagte Minx.

»Scheiße, ich weiß wer du bist.«

Sie fuhren los, in die Richtung, in die das Ungeheuer davongeflogen war.

***

Sie bekamen das geflügelte Ungeheuer nur selten als grauen Fleck am klaren Himmel zu Gesicht, aber es war leicht, ihm zu folgen. Sie mussten nur dem dunkelroten, fast schwarzen Blut folgen, das es auf Sand und Stein hinterließ.

Als die Abenddämmerung hereinbrach, hielt Minx an und spähte durch das Fernglas des Gewehrs. Das Biest hatte sich auf einem Hügel niedergelassen. Um den Hügel herum lagen Fahrzeuge und Wrackteile. Offensichtlich hatte es sich hier ein Nest eingerichtet. Minx überlegte und kam zu dem Schluss, dass es keine gute Idee wäre, in der Dunkelheit zu kämpfen, nicht gegen ein Wesen, das seine schuppige Haut dem Hintergrund anpassen konnte. Außerdem hoffte sie, es würde noch mehr Blut verlieren und der Blutverlust würde es weiter schwächen. Vielleicht würden sie es am nächsten Morgen sogar tot vorfinden. Sie teilte ihre Essensvorräte mit Dig-dug, der sich als angenehm stiller Zeitgenosse erwies. Er stellte keine Fragen. Er aß, er trank und schloss, den Oberkörper an sein Motorrad gelehnt, die Augen.

Was ihn wohl dazu bewegt haben mochte, sich ihr anzuschließen? Nach dem Kampf hatte er neben der Leiche eines in Stücke gerissenen Mannes gekniet. Vermutlich ein Verwandter oder Freund, und jetzt war der Skalka auf Rache aus. Das war seine Sache. Minx hatte ihm gestattet, sie zu begleiten, weil ein Schießeisen mehr ihre Chancen erhöhte. Er schnarchte. Sich selbst gönnte sie keinen Schlaf. Das Wesen verhielt sich untypisch für einen Mutanten, und es war klug. Sie traute ihm durchaus zu, dass es versuchen würde, seine Verfolger nachts zu überraschen.

Aber es erfolgte kein Angriff. Der Morgen graute, und sofort, als das Licht ausreichte, spähte Minx wieder durch das Fernglas. Die Kreatur hatte ihre Stellung nicht verlassen. Aber tot war sie nicht. Sie bewegte sich. Vermutlich litt sie heftige Schmerzen. Gut, dachte Minx grimmig.

»Aufstehen, Boh«, sagte sie und biss sich auf die Lippen.

Der Skalka gähnte und streckte sich. Wenn er mitbekommen hatte, dass er mit falschem Namen angesprochen worden war, ließ er es sich nicht anmerken.

»Jetzt geben wir ihm den Rest, Dig-dug«, sagte Minx und stieg auf den Sattel ihres Motorrads.

***

Als sie sich der Hügelkette näherten, flog das Untier auf. Seine Flügelschläge waren schwerfällig, und es hob sich nicht hoch hinauf. Es bewegte sich nach Südwesten, keine fünfzig Meter über dem Steppengrund, und so war es nicht mehr nötig, den Blutspuren zu folgen. Sie konnten es im Auge behalten. Langsam aber sicher holten sie auf. Minx war fest entschlossen, das Vieh einzuholen, ehe es Paix erreichte oder sich über den Wald davonmachte. Sie hoffte nur, dass der Tankinhalt ihres Motorrads ausreichte, da sie die Maschine an ihre Grenzen brachte und hochtourig über die Steppe brausen ließ.

Offenbar wollte die Bestie aber gar nicht auf direktem Wege zum Wald oder zur nächstgelegenen Siedlung, sie schlug einen Bogen um den Canyon herum. Und dann geschah es ohne Vorwarnung. Ein helles blaues Licht über dem Wald, auf den sie zuhielten, wie das kurze Auflodern einer Fackel. Ein Thanaton! Instinktiv bremste Minx ab. Dig-dug reagierte verzögert. Er überholte sie, drehte um und fuhr in einer Schleife zu ihr zurück.

»Was ist los?«, wollte der Skalka wissen.

Minx antwortete nicht. Sie dachte angestrengt nach, und plötzlich fügten sich die Puzzleteile zu einem stimmigen Bild zusammen. Sie war so auf die Jagd fixiert gewesen, dass ihr das Offensichtliche entgangen war. Das geflügelte Untier war keine Mutation, es war ein Naga-nai. Eine von den Sheds gezüchtete Kriegsbestie. Ihre Herren hatten sie gerufen, allein zu dem einem Zweck – Minx in die Nähe des Waldes zu locken. Es war eine Falle.

Sie wandte sich an den Skalka: »Du solltest jetzt gehen. Fahr zurück nach Prak.«

»Und was hast du vor?«, fragte Dig-dug.

Eine lange verdrängte Erinnerung stieg in Minx auf. Sie lag von festen Gurten gebunden auf einem Bett. Sie war ihren Erschaffern nicht böse, die Fesseln dienten auch ihrem eigenen Schutz. Die Leiterin des Instituts, die wie eine Mutter für sie war, schenkte ihr ein trauriges Lächeln durch die Glasscheibe. Und Minx erwiderte das Lächeln, mit dem sie zum Ausdruck bringen wollte, dass es in Ordnung war, dass niemand außer ihr selbst Schuld trug. Man würde Veränderungen an ihr vornehmen und sie dann wieder befreien. So war es schon oft gewesen. Sie war Nummer Acht, die einzige, die lebensfähig war. Sie wurde bewundert und geliebt, trotz ihrer Ausfälle. Es waren nur noch kleine Verbesserungen notwendig, das hatte man ihr gesagt, und sie wusste, dass es der Wahrheit entsprach. Nur noch wenige Optimierungen, und nichts würde sie mehr von einem Menschen unterscheiden, abgesehen davon, dass sie schneller, stärker und klüger als ein normaler Mensch war. Dann würde sie frei sein. Zunächst würde sich ihre Freiheit auf das Institutsgelände beschränken, aber wenn sie stabil blieb und bewies, dass sie keine Gefahr darstellte, würde ihr die ganze Welt offenstehen. Doch dann war es geschehen. Ein Beben erschütterte das Gebäude. Schreie waren zu vernehmen, ein Alarm schrillte. Die Institutsleiterin versicherte ihr über die Sprechanlage, sie solle sich keine Sorgen machen, aber es lag Furcht in ihrer Stimme. Die Assistenten in ihren weißen Kitteln verbarrikadierten hektisch die Schleuse, aber die Shedai-nai waren gerissen. Sie sah eine schwarze Klinge, die durch die Decke stach und blitzschnell ein kreisrundes Loch ausschnitt. »Sie kommen durch die Luftschächte!«, schrie sie, doch es war zu spät. Zwei Shedai-nai sprangen hinab in den Raum, ihre Klingen kannten keine Gnade. Blut spritzte an die Glasscheibe. Durch das herabrinnende Blut sah sie, wie die Institutsleiterin mit letzter Kraft die Hand hob und auf den Knopf drückte, der ihre Fesseln löste. Damals war Minx fortgelaufen, weit weg. Aber sie hatte sich geschworen, nie wieder wegzulaufen.

»Und?«, fragte Dig-dug ungeduldig.

Minx Augen funkelten. »Ich werde kämpfen.«

»Dann bleibe ich bei dir«, sagte der Skalka fest.

Minx zuckte die Achseln. Es war seine Entscheidung. Sie gab Gas.

Die Bestie landete direkt auf der sandverwehten Straße, keine zwanzig Schritte vom Wald entfernt. Minx ließ ihr Motorrad einen Bogen beschreiben, bis die Reifen verwitterten Asphalt unter sich hatten. So war es richtig. Der Wald mit all seinen Schrecken lag vor ihr, in ihrem Rücken die Ödlande, die sie geschworen hatte zu verteidigen. Sie bremste und klappte mit dem Fuß den Ständer aus. Die Bestie war nun in

Reichweite, und Dig-dug legte mit seiner dreiläufigen Flinte an. Aber Minx legte die Hand auf seine Waffe. »Warte«, wies sie ihn an.

Sie mussten nicht lange warten. Zwei Gestalten lösten sich aus dem Wald. Sie bewegten sich in vollkommener Anmut, stellten sich zu beiden Flanken des Untiers auf und sprachen leise auf es ein.

»Was zur …?«, setzte Dig-dug verdutzt an.

»Sie bedanken sich bei der Bestie für ihre Dienste«, erklärte Minx.

Der links stehende Shedai-nai, der wie sein Gefährte eine dunkle, enganliegende Rüstung trug, zog einen gekrümmten Dolch. Er legte der Bestie eine Hand auf die Stirn, streichelte sie und stieß mit dem Dolch zu. Es war ein Akt der Gnade. Das Ungeheuer röchelte, schlug noch einmal mit den Flügeln und brach zusammen. Der Shedai-nai wischte das Blut von der Klinge und schob sie zurück in die Scheide am Gürtel.

Minx stieg von ihrem Motorrad. Dig-dug folgte sichtlich nervös ihrem Beispiel. Seite an Seite gingen sie auf die Shedai-nai und die tote Bestie zu. Die Shedai-nai, über deren Schultern die Griffe von Langschwertern ragten, kamen ihnen entgegen. Fünfzig Schritte trennten sie, dann vierzig, dann dreißig. Das war nah genug. Minx blieb stehen. Sie nahm das Scharfschützengewehr vom Rücken und ließ es zu Boden fallen, ohne den Blick von den Feinden zu nehmen.

Die Shedai-nai machten synchron einen weiteren Schritt nach vorne. »Bei allen Untaten, die dir vorzuwerfen sind«, sagte der Linke, woraufhin der Rechte nahtlos ergänzte: »Man muss dir zugestehen, dass du Mut hast, Nummer Acht.«

»Ich nehme an, Bohdan, diese Ratte hat mich verraten«, erwiderte Minx, ebenfalls in der Singsangsprache der Shedai-nai.

»Was redet ihr da?«, warf Dig-dug argwöhnisch an Minx gewandt ein.

Der rechte Shedai-nai, der einen halben Kopf kleiner als sein Gefährte war, machte ein beiläufige Handbewegung, und der Skalka ging schlaff zu Boden. Minx bemerkte aus dem Augenwinkel, dass er noch atmete.

»Wenn du den Holomancer meinst«, nahm der kleinere der beiden Feinde den Faden wieder auf, »täuschst du dich.«

»Wir sind nicht gekommen, um dich zu töten«, fuhr der andere fort. »Dein *Amigosch* hat für die Freilassung unseres Bruders eine Bedingung gestellt.«

»Und wir halten uns an unsere Schwüre.«

»Wir üben keine Rache, die uns zustünde, wir nehmen dich in Gewahrsam, um dich vor Gericht zu stellen.«

Die abwechselnde Rede der Takushin-rih machte Minx wütend. Sie wollten sie einlullen.

»Bohdan ist nicht mein Freund«, zischte sie, »und ich sterbe lieber, als mich von euch gefangennehmen zu lassen.«

»So viel Freude uns dein Tod bereiten würde«, sagte der Größere, und der Kleinere ergänzte: »Wir halten uns an unsere Schwüre.« Sie machten einen weiteren Schritt auf Minx zu, und sie spürte, wie sie mental nach ihr griffen. Sie blockte die geistige Attacke ab und eröffnete den Tanz, indem sie ihre Pistolen aus den Holstern riss.

Die Kugeln verließen die Läufe und die Sheds reagierten mit übermenschlicher Gewandtheit. Sie wichen den Projektilen aus und sprinteten los. Im Lauf zogen sie ihre Schwerter.

Minx richtete beide Maschinenpistolen auf den, der sich ihr von rechts näherte. Er war schnell, atemberaubend schnell, aber sie schickte ihm so viele Kugeln entgegen, dass er nicht allen ausweichen konnte. Einige prallten von einem magischen Panzer ab, zwei von der Rüstung, aber eine traf. Er schwankte und Minx war versucht, ihm den Rest zu geben, doch sie widerstand dem Impuls, da der andere sie gleich erreichen würde. Sie ließ die Pistolen fallen und zog die Macheten, gerade noch rechtzeitig, um die schwarz schimmernde Klinge, die von oben auf sie niederging, abzulenken. Minx wirbelte herum und stach mit der anderen Machete zu. Der Takushin hatte blitzschnell den Griff gewechselt, sodass die Spitze seines Schwertes nach unten zeigte. Shimrir-Stahl schabte funkenschlagend gegen Shimrir-Stahl. Der Takushin riss den Knauf hoch, um Minx am Kinn zu treffen, aber diese wich nach hinten aus und rammte ihren Kopf nach vorn.

Ein knackendes Geräusch. Trotz des Treffers war der Takushin geistesgegenwärtig genug, dem von unten geführten Machetenstreich auszuweichen, mit dem Minx ihm nachsetzte. Jetzt war der zweite da. Er schwang sein Schwert in einer raschen Abfolge von Hieben und Stichen, um seinem Bruder Platz zu verschaffen und Minx in die Defensive zu zwingen. Minx duckte sich unter einem Streich hindurch, kam wieder hoch und fletschte die Zähne.

Takushin waren ehrenvolle Krieger, aber ihr Codex verbot es ihnen nicht, in Überzahl gegen sie zu kämpfen, da ein Takushin-rih, ein Kriegerpaar, eine Einheit bildete. Obwohl der eine verwundet war und sein rechtes Bein nachzog, standen Minx' Chancen denkbar schlecht. Ein Takushin-rih übte sich ein Leben lang im gemeinsamen Kampf, und das Leben eines Shedai-nai war lang. Sie musste an Bohdan denken. Nicht, dass er ihr in dieser Situation eine große Hilfe gewesen wäre, aber sie hatte sich daran gewöhnt, heikle Situationen nicht allein durchstehen zu müssen.

Die Takushin umrundeten sie, warteten auf eine Gelegenheit zuzuschlagen, lauerten auf eine winzige Unachtsamkeit, eine Lücke in ihrer Deckung.

»Dein Widerstand ist zwecklos«, sagte der eine. »Leg deine Waffen nieder und stell dich deinem Schicksal«, raunte der andere.

Minx schnaubte. Sie führte einen Tritt gegen den einen aus, drehte sich im nächsten Moment um und hieb mit beiden Macheten auf den anderen, den Verwundeten ein. Die Macheten waren kürzer als die Langschwerter ihrer Gegner und brachten ihr damit einen Nachteil in der Reichweite ein, dafür ließ sich mit ihnen schneller angreifen. Sie deckte den Verwundeten mit einem Wirbel aus Hieben ein, die abwechselnd auf seinen Hals und seinen Bauch zielten. Einen tiefen Streich parierte er zu langsam. Die Machete wurde durch die Klinge des Langschwertes verlangsamt, aber Minx legte all ihre Kraft in den Streich und zog die Schneide längs über den gerüsteten Unterleib. Ein kreischendes Geräusch entstand, als der Shimrir-Stahl die Rüstung aufschlitzte.

Ein Zischen in der Luft ließ Minx herumfahren. Sie bildete mit beiden Macheten eine Schere, um den harten Schlag aufzuhalten. Es gelang ihr, die Schneide kurz vor ihrer Brust festzusetzen. Aber es war eine Notlösung gewesen, die ihr zwar kurz das Leben gerettet, sie aber um einen festen Stand gebracht hatte. Sie sah es kommen, konnte aber nichts dagegen tun. Ein harter Tritt seitlich gegen das Schienbein brachte sie aus dem Gleichgewicht. Sie stürzte, und noch während sie fiel, presste sich der Takushin so gegen sein in der Schere steckendes Langschwert, dass Minx eine Machete aus der Hand gerissen wurde. Minx landete auf der nun freien Hand, drückte sich vom Boden ab, kam blitzschnell wieder auf die Beine und ging sofort ins Hohlkreuz, um einem Streich auszuweichen.

Jetzt kämpfte sie mit dem Mut der Verzweiflung. Sie parierte, wich aus, kam aber kaum noch zu einer Riposte. Schweiß rann ihr in die Augen, aber sie erlaubte es sich nicht zu blinzeln. Schließlich gelang den Takushin ein synchroner Angriff. Eine Klinge raste auf ihre Brust zu, die andere zielte auf ihre Beine. Sie begegnete dem hohen Streich, indem sie die Machete mit beiden Händen griff und dagegen lenkte. Doch es lag zu viel Kraft in dem Schlag, die Machete wurde ihr aus der Hand gerissen. Zeitgleich traf sie der tiefe Streich. Der Takushin musste die Klinge im letzten Augenblick gedreht haben, sodass sie nur die Breitseite traf. Schmerz jagte durch Minx Körper, und sie ging auf die Knie nieder.

»Tapfer gekämpft, Nummer Acht«, sagte einer der beiden Feinde – welcher sprach, konnte sie nicht bestimmen.

»Die Zeit des Schwarzen Reiters ist vorüber«, sagte der andere.

Ein Knauf traf sie hart gegen die Schläfe, und es wurde dunkel um sie herum. Ihr letzter Gedanke galt Bohdan. Und es war ein quälender Gedanke, denn erst jetzt begriff sie ihr eigenes Tun. Sie hatte ihn nicht getötet, sondern ihn einsperren lassen. Es war ihr darum gegangen, ihm eine Lektion zu erteilen. Und sie hatte insgeheim die Hoffnung gehegt, ihm eines Tages verzeihen zu können, um ihn dann zu befreien. Ohne sie würde er in Gundaban zugrunde gehen. Nein, das hatte sie nicht gewollt. Aber nun war es zu spät.

Ein zweiter Schlag gegen die andere Schläfe, und die Dunkelheit um sie herum wurde komplett.

***

»Kein Snug! Die Geschichte stammt aus erster Hand. Dig-dug hat sie mir erzählt. Er ist gestern aus der Wüste zurückgekehrt.«

Radoslavs Miene blieb skeptisch, was allerdings zu seiner Masche gehörte. Sein Auftrag war es, Gerüchten nachzugehen, den Wahrheitsgehalt herauszufiltern, um seinem Herrn Ilja, dem Oberhaupt der Nepomuk, Bericht zu erstatten. Nach der Nacht des Schreckens war eine Allianz gebildet worden, die sogar die Skalka einschloss, obwohl jeder wusste, dass sie ihren Teil zum Schrecken beigetragen hatten. Ismael von den Tanach, der dem Hohen Rat mehr oder minder offiziell vorstand, dachte wohl, es wäre besser, die ewigen Unruhestifter in der Nähe zu haben, als sie im Untergrund Ränke schmieden zu lassen. Momentan schien das Bündnis der Häuser stabil, aber Dinge änderten sich, und Informationen waren mindestens ebenso viel wert wie eine einschüchternde Truppenstärke. »Du behauptest also, der Schwarze Reiter wurde ermordet?«

»Wenn ich es doch sage!«, fuhr Pesah auf. Er war nicht nur ein Säufer, sondern auch abhängig von Chisam, einer aufputschenden, leicht halluzinogenen Modedroge, die aus der Fuschu-Pflanze gewonnen wurde. Aber er hatte Kontakte bei den Skalka. »Der Schwarze Reiter und Dig-dug haben das geflügelte Monster durch die Ödnis gejagt.«

»Und ihm in der Nähe des großen Waldes im Westen eine Falle gestellt«, sagte Radoslav. Mittlerweile kannte er die Geschichte auswendig, doch er wollte sehen, ob Pesah in der Wiederholung von der ursprünglichen Erzählung abwich.

»Eine geniale Falle!«, stimmte Pesah erregt zu. »Der Schwarze Reiter ist in einen Container aus Stahl gestiegen, und Dig-dug hat das schwere Ding mit einer Kette am Boden befestigt. Sie reizen das Monster, es greift an und schlägt seine Krallen in den Container. Es will hoch in die Luft fliegen, aber die Kette hält es am Boden. Der Schwarze Reiter klettert raus, steigt auf den Rücken des Ungeheuers und zerhackt es mit seinen Macheten.« Pesah trank einen tiefen Schluck und knallte den Humpen auf den Tresen.

»Und dann sind Shendraks aufgetaucht?«

»Ein ganzes Dutzend! Und zwar die von der harten Sorte. Richtig fiese, blutrünstige Kerle. Es kommt zu einem fürchterlichen Kampf. Dig-dug erledigt einen, während der Schwarze Reiter sich durch die anderen metzelt. Dig-dug bekommt was gegen den Schädel, aber er sieht noch, wie Boh der Diplomat sich anschleicht und den Schwarzen Reiter von hinten erdolcht.«

»Genau die Stelle bereitet mir Kopfzerbrechen«, hakte Radoslav ein. »Jeder weiß doch, dass der Reiter und Boh Partner waren.«

»Genau, *waren*. Frag mich nicht, warum die beiden sich überworfen haben. Das kann ich dir nicht sagen. Könnte was mit dem Blutbad in New Town zu tun haben. Jedenfalls hat Boh den Reiter verraten, das steht fest.«

Radoslav rieb sich die Stirn.

»Ey Amigosch«, sagte Pesah flüsternd, »ich hab dir alles erzählt, was ich weiß.«

Radoslav nickte widerwillig und schob Pesah einen Beutel mit der vereinbarten Summe an Quins hin. Pesah griff gierig zu, zählte nach und steckte das Geld grinsend ein. Er stand von seinem Barhocker auf, drehte sich aber noch einmal zu Radoslav um. Leise und mit verschwörerischer Stimme sagte er: »Das wissen nur wenige. Der Schwarze Reiter hat die Ödlande und auch unsere hübsche Stadt vor den Shendraks beschützt. Was wird nun, wenn er nicht mehr da ist?« Mit diesen Worten schlug er Radoslav auf die Schulter, wandte sich ab und ging auf die Tür zu.

Zappa, der die Unterhaltung von einem dunklen Winkel der Kaschemme aus und mit tief in die Stirn geschobenem Zylinder belauscht hatte, sah dem Informanten nach. Nachdenklich zupfte er an seinem gezwirbelten Schnurrbart.